共同体

COMMUNITY 020

各美其美

美美与共

刘大任集

园林内外

刘大任／著

深圳报业集团出版社

目录

代序

无果之园

把近年来陆续写的这批文字集合起来，选了一个整数（五十篇），书名就定为《园林内外》，因为书的内容，除园林外，还涉及直接或间接相关的物与情。读者也许感觉，园林内的物与情，跟园林外的物与情，事实上是相通的。通在什么地方？正是读完后供反刍与回味的材料。

还有一些细节，应向读者说明。

第一，这批文字的写作，时间跨度差不多二十年，早期与晚期，风格略异，编排上，大致是从晚到早，希望读的时候，也越来越感觉年轻；

第二，文字的篇幅，大致有两种，短小者一千五百字左右，长的也许接近三千字。这是因为写作主要为了两个专栏，《中国时报·人间副刊》的“三少四壮集”和另一本周刊的“纽约眼”。

在此应向杨泽与董成瑜两位编辑致谢，没有他们的督促与鼓励，我这个懒人是不会动笔的。

还应该谈谈与写作本身有关的一些问题。

所谓“园林写作”（Horticultural Writing），在我知道的中文世界里，多少是个“新文类”。中国人文传统中，确有些类似的东西，但各走极端。一种是有关植物药用价值的研究，如李时珍（一五一八—一五九三）著《本草纲目》；另一种是文人骚客赏花玩石的酬兴之作，如欧阳修写的《洛阳牡丹记》。中国一些提倡园艺的杂志，接触面还算广，但水平不高。专业的植物志一类著作，当然比较科学，比较深入，但也不是“园林写作”。

近代也有人承续欧阳修的做法，苏州人周瘦鹃即其中一例。我仔细读过周前辈的《拈花集》和《花木丛中》，称得上见闻广博、意趣盎然，但本质上应归于抒情小品散文，只不过取材集中于园林花事而已。

西方人由于有自然史、植物分类学与美学的基础，近两百年来，园林写作领域，分工细腻，名家辈出。试看一下当代，像剑桥大学出身的格拉汉·斯图尔·托马斯（Graham Stuart Thomas）这一级的作家，中文世界里不但找不到，连做他学生资格的也一个都没有，包括我自己在内。

严格说，我的园林写作，只能算是两个半吊子合成的怪胎。自评一下，传统文人的品位与情趣，约莫一半；另一半是“自然论”（naturalism）的哲学观点。两个一半，都只有半吊子的水准。

这个奇怪的半半结合，造成了困局：既不能于纯粹的品位情趣中安身立命，又无法全心全意做个自然学者。唯一的出路，只好从理论中找知识，从实践中找感觉，成品当然只宜抛砖引玉。

品位与情趣，首先来自遗传基因。

每个人，甚至每一个通过有性生殖繁衍后代的物种，身体里面都有两套不同而并存的密码，一套来自父亲，一套来自母亲。我也不例外。

父亲一系的血脉里，有终生在土地里讨生活的农民天性。我的祖先来自中原（河南），据说五胡乱华时向南方逃亡，落户在湘赣边界的山区，从此“耕读传家”，上千年的休养生息，离不开土地。

童年时代，有两个重要发现。

第一，手脚一接触泥土与植物，心便快乐，不由自主。种子发芽生长，开花结果，快乐程度必随之倍增，屡试不爽。第二，似有一种辨认植物特征的天赋本能。凡经手的植物，举凡形态、组织与生长方式，以至于根、干、茎、叶、花、实的纹理、外形与细节，多能明察秋毫。纤微之差，过目不忘。

若不是代代相传的农民本能在血液里起着作用，何能致此?

母亲一系，世代读书做官，士大夫阶级的生活方式，少不了怡情悦性的审美习惯。可惜外祖父过世太早，只从母亲的回忆中知道一些他种花养鱼的故事。他的独子，也就是我的舅父，是不事生产的名士派，一辈子的爱好，不外古董字画、戏曲文学。我九岁以前曾跟舅父一家共同生活过两三年，显然耳濡目染，受了教育。记忆中，他的庭园里，只见花木，不种蔬果。

我细胞里携带的母系基因，在父系农民根性之外，增添了一种从植物的欣赏中取得心境平和宁静的因素。这种近乎病态的纤细审美观，跟西方崇尚的健康型自然论者的审美态度，很不一样。不过，我至今不觉得两者之间有任何高下之别。橘子与苹果，不能比较，也毋庸比较。

因此，西方理性主义的科学精神与审美观点，我也从不排斥。

这方面，初中博物课是我的启蒙。不久前去世的唐玉凤老师，传播了一套基本理念。虽未及于孟德尔的遗传定律与达尔文的演化论，但唐老师的课，完全建立在理性科学的基础上，既帮助了我的思维方式，也开启了以后自修学习的大门。

要谈这两个“半吊子”的结合经验，不能不涉及自己动手的过程。

我的“园林事业”，是从一盆简单的非洲堇开始的。

一九七五年春的一个礼拜天，在唐人街买菜，心情有点郁闷，突然在肉铺附近的花店窗台上，看见一盆紫花白边非洲堇。眼光一接触，居然无法脱身。

一沾手便一发不可收。

立刻上图书馆找有关非洲堇的专著，又因为当时住在公寓里，盆花搜集过快过多，不得已，只得自己动手设计，制造了有人工光照配备的多层花架。架上植物，也从非洲堇扩大到各种热带室内植物，不久就进入兰花的王国。

一年后，调差到非洲的肯尼亚。其后三年，算是我“园林事业”的第一次“大跃进”。

我租住的那幢住宅，原主人英国老太太是个道地的英式园艺家，亲手设计布置，经营了三十年的庭园，让我三年于兹，无论阴晴晨昏，等于实地上课，随时都有发现和收获。虽然地处赤道边缘，选用的植物不能不就地取材，因此园中多为沙漠干旱地生存的仙人掌属和多肉汁植物，但由于她的学养和文化传统，这些植物的安排，依然遵照英式庭园的法则，植株的高矮大小，茎叶的色调配置，花期的掌握调节……都可以看出力求符合大自然生态环境的要求。而花圃中的群植法（mass planting）应用，明显承继了多年生草花圃（perennial border）的规律。

更有趣的是，园中不少树上驯养了多种肯尼亚原生种的兰科植物，引发了我主动参加当地兰协的动机。

参加肯尼亚兰花协会，除有助于增进现代兰学（Orchidology）的知识，更有接受教育的机会，亲赴原始生境探索，了解人类活动对生态环境的恶性破坏。肯尼亚兰协每两个月开一次会，多在热心的会员庭园中举行。会员们将自己培养的珍贵品种带来展览，并邀专家讲评。

我的“园林事业”第二次“大跃进”，发生在纽约。这方面，书中写得较多，不再重复，只需谈一下几个重点。

做一名半吊子的园丁，纸上谈兵是不够的，一定要下地接触泥土，因此，得有一片供施展的空间。这在我，要等到不惑之年以后，才有条件。

利用肯尼亚生活指数低而存下的积蓄，加上我的园林战友杰英的私房钱，终于在纽约北郊丘陵地上购置了接近一英亩的土地。这是块几乎可称之为白纸一张的处女地，除了后山原始林，只有几块草坪，一切都得从头做起。于是产生了两个问题：第一，怎么规划；第二，用什么材料。

对付第一个问题，我采取“土法炼钢”与“书生问政”相结合的办法。所谓“土法炼钢”，不外是一有空就在地上到处走到处看，逐渐把感觉“挤”出来。所谓“书生问政”，倒是从小便有的习惯，凡有问题，便跑书店、图书馆。当然，过程最重要，即如何将书中提供的“答案”与实地走出来的“感觉”，进行心安理得的完美结合。

用材又是个全新的课题。此间为北温带，植物材料、气候与土壤条件，对我来说，都是以前不曾碰过的。实践起来，倒也不难，大抵是学习、观察、试误、调整而已。屡败屡战之余，终归还是会出来一个自觉差强人意的“样子”。

二十余年如一梦，是不是到了可以卖门票供人参观游览的境界呢？

那就想错了。

有时，我把这块夫妻两人共耕的土地称为“无果园”，除了地上确无一棵果树，也无非是说，这是座看不见“果”的“园”，除了自己，谁都无法真正欣赏。

所有的果实，都在过程中，包括这里编集的几十篇文字。

刘大任

二〇〇六年三月七日

山山蝴蝶飞

四五月的春山，远望嫩绿鹅黄，山边斜坡上，常见一种落叶小乔木，从高大林相中伸出横斜的枝丫，上面满缀白花，随风起舞，仿佛成串蝴蝶，由幽暗深邃的密林中浮出，奔向水晶澄澈的阳光。

刚搬到纽约郊区那一阵，发现附近人家的庭院里，尤其在靠屋角的地方，时有栽种，花形甚至比野生者更大、更挺拔。据说这样的搭配，不仅家园为之增色，家屋也显得宽敞雅致。而且，仔细分辨，除了白花品种，还有水红与桃红等深浅不同的类别。

美国人把这种花树叫作dogwood。按字面义直译，似应称为“狗木”，听来不很顺耳，形象也不符合，查字典才知中文有个不错的名字，叫“茱萸”。

“茱萸”之为物，识者不多。主要是我从小生长的亚热带台湾，可能根本没有这种植物。或者，即使有，也是不同种（species）而同属（genus）的开花灌木，与王摩诘《九月九日忆山东兄弟》一诗所说的“遍插茱萸少一人”的那个“茱萸”恐非一物，跟我在此地见到的，差别就更大了。

原来“茱萸”一属的拉丁学名为*cornus*，属下有四十几个种，自然分布地区以北美洲与亚洲东部的温带为主。美洲常见且已通过杂交培养成庭园材料的，叫作*Cornus florida*，俗称flowering dogwood（花茱萸）。纽约山林里的野生种，全为白花，据说要远到加拿大才能找到粉红花的原生种。交配改良之后，市面上可以找到许多新的品种，其中最名贵的红花种叫“车洛奇酋长”（Cherokee Chief），白花者则命名“车洛奇公主”（Cherokee Princess）。还有一种变叶茱萸，叶色黄中透绿，花白，尊称为“第一夫人”（First Lady）。

除了花大色艳且随风款摆时若蝶群振翅欲飞的优点，花茱萸之所以能够成为与日本樱和海棠花树（crabapple）分庭抗礼的庭园观赏树，跟它的树形和皮色也有相当关系。

首先是成树的体形适中，二十年左右大致达到十五到二十英尺的高度，树冠面积相若，而枝丫交错扶疏，姿态不恶，故与日本枫、温带杜鹃高低相配，可以尽得风流。

此外，树苗经三五年的培养，主干皮色开始发生变化，自然出现梭形、鹅卵形和菱形的裂纹，尔后逐年加深。尤其在初春细雨润湿后，乌褐相间，如鳄鱼之背，煞是好看。

东亚的茱萸，此间庭院也偶见一二，不算普遍，植物园则大都聊备一格。主要是它只有白花品种，且花形较为呆板，又在初夏开花，失去了春意盎然的意趣。东亚种的学名叫 *Cornus kousa*，园艺界俗称中国茱萸或日本茱萸。这种茱萸的花较小，一英寸半至二英寸，瓣尖而着花密，集中开在横枝向上的一面，没有花茱萸那种参差的轻盈体态。

前面为了行文方便，全用“花”这个字形容。其实所谓的四个花瓣，都是“叶”的变异，严格说，不是“花瓣”（petal），而叫苞片（bract）。真正的“花”，形体很小，出现在四个苞片的中心。这个部分，到了秋天，结成浆果似的实，花茱萸的秋实鲜红透亮如红宝石，中国茱萸或日本茱萸的秋实也色红，但形似覆盆子（raspberry）。两种果实都是鸟雀入冬前的食物。

此外，美国庭园还可以见到宝塔茱萸（pagoda dog-wood），学名叫 *Cornus alternifolia*，原生地在美国中西部偏北地区，故极为耐寒。这种花树也不算高大，因枝丫分层生长似宝塔之形而得名，它最有趣的是冬天皮色发亮而带紫，与皑皑白雪相映，别有滋味。

谈到这里，不能不讲两个故事。

先讲中国的。

据说东汉时有个叫桓景的读书人，追随术士费长房多年。忽一日，费对桓景说，九月九日，你家有大难，赶紧回去，让家人各做绛囊，内盛茱萸，系于臂上，并登高饮菊花酒，可祛此灾。桓景如法炮制，晚上下山回到家里，发现鸡犬牛羊全部暴毙。这就是古代中国重九登高插茱萸饮菊花酒习俗的起源了。

不过，重九之日，相当于深秋天气，绛囊之中，所盛的恐怕不是花而是朱红色的浆果吧。至于浆果是否有辟邪驱灾的作用，不得而知了。总之，从唐朝人王维的诗中可以体会，插茱萸登高的习俗，中心意义似已不再是“逃难”，而以温馨亲情为主了。

再讲一个北美洲原住民的故事。

前文提到，茱萸在美国的俗名不是叫作“狗木”

（dogwood）吗？这个不雅的名号原来带有道德意义。

相传车洛奇部落（Cherokee Tribe）有一名酋长生了四个貌美如花的女儿，艳名远播，好逑君子络绎不绝。老酋长见奇货可居，下令登门求婚者必须献上礼物，而四个女儿下嫁的对象，必须是礼物最丰厚的追求者。

此令一下，要不了多久，老酋长的帐篷里便堆满了各色皮毛和珍宝。

然而，贪得无厌的酋长因此犯了天条，众神震怒，把酋长化成一棵狗木，四个女儿也因此变成了这株狗木的四个苞片，而狗木的花（绿中带黄），就是好逑君子所带来的各色礼物了。

美国园艺界通过配种培育的名种，为什么命名为“车洛奇酋长”和“车洛奇公主”，不难明白了。

搬进这个家之后的第三年春天，便花了当时相当于两千字稿费的价格，买了一株车洛奇酋长的幼苗，如今，酋长已高出屋檐，虽然每年仍然开花，但始终达不到欣欣向荣的境界。原因是杂交种易受真菌感染，往往一个冬天下来，便有枝条干枯断裂。真菌感染与植株本身不健壮有关。花茱萸的叶，每天要求六小时以上的直射阳光，但根部却喜欢潮湿的土壤，两者之间形成了矛盾，成败决定于定植地点是否正确。我初初投入园事，未谙此理，酋长所植地点，上有大树挡去阳光，下面又往往干旱缺水，因此直到现在，仍是一副受难模样，不幸而似天谴余生。

倒是在附近山上野林里发现了原生种的白花茱萸幼苗。山上众木参天，阳光不足，故成树也从不见花。我费尽九牛二虎之力，先后移植了四株，如今皆已亭亭玉立。

每年四月下旬至五月上旬，树树蝴蝶款款飞舞，仿佛四位无端受辱的车洛奇公主转世，在我的无果之园，重享失去的如花美眷青春。

虽无一庭香雪

冬夜寂寥，何妨拥被高卧，闲读宋词解闷。宋词缠绵，十之八九不离青楼红粉、春花秋月，却也偶有意外。

张玉田的咏梅词《疏影》即其一例。“满地碎阴……一庭香雪”，境界不下于林和靖的“暗香浮动月黄昏”。香雪所状者，白梅也，已是形容的极致，而想象力更飞跃，色彩气味之不足，竟联系到高楼上的角笳声音（“丽谯吹彻”），和水底世界的奇谲诡异（“珊瑚疑活”）。赏花写到此处，人格跃然纸上矣。

我住的这个地方，纬度相当于哈尔滨，香雪红云之类的想象，完全不切实际，只能关起门来，靠人造的环境，保留些许情趣，或可稍纾愁绪。

这个冬天，恰有三盆来历颇不平凡而饲养极其费力的活物，多年奋斗之后，居然不负所望，适时酬兴开了花，值得一记。

第一盆，国内的读者也许陌生，不妨先谈。

艺名叫作“大石门”，实际上就是家喻户晓的台湾土产报岁兰，只不过叶色略有变化。

报岁兰的拉丁学名为*Cymbidium sinense willd*。台湾习惯将*Cymbidium*音译为喜姆比地兰。所谓喜姆比地兰，其实是个庞大的家族，分布地域很广，野生者约七八十个种，从日本、韩国、中国大陆南方各省、中国台湾到东南亚和澳大利亚及新几内亚，都有采集记录，且人工驯养已有上千年的历史。兰界通常将之分为两大类，东南亚及澳大利亚一带所产者，植株高大，花色鲜艳但少有香味，俗称虎头兰；而温带矮种的喜姆比地兰，植株虽小，但叶姿优美而有花香，佳者有“香远愈清”之名，甚至誉为“香祖”，都属于东亚兰界通称“蕙兰”而台湾一律叫作“国兰”的范畴。

报岁兰是国兰的一种，叶肥大，暗绿革质而有光泽，近年风行的观叶线兰，不少名品都是报岁兰的变种，其中最名贵的包括金玉满堂、鹤之华、瑞宝等。前些年价值连城的达摩，我见过几盆次品，看来也是报岁兰的突变。

我手上的这盆大石门，可能是比较普通的一种，因为“叶艺”尚未达成熟完美的程度，只能算是“初出艺”的阶段。就线艺而言，有缟无斑，缟的线条则有银无金，且多数叶片不很明显，因此价格便宜。若干年前逛台北建国花市，五百元台币买了三个头一株，现在已经繁殖到八头。

明明是寻常百姓家的寻常事物，为何视为珍宝，当然是因为来之不易，其中又暗藏了感情因素。

美国农业部规定，任何植物进口必须事先申请许可证，并在海关检疫之后才能放行。如果奉公守法，不但费时费力，还有全军覆没之虑，因为检疫喷药剂量极重，兰科植物鲜少生还。不得已，只好偷关漏税。办法是在回美前把植株从盆里起出，洗干净根系并全株泡水约二十分钟，再用最快的空运手段当作小包裹寄出。离台前一天送邮，抵美两三天后收到。刚收到的植株必然是脱水状态，因此要抢时间急救，尽快入盆。我的经验是，兰花经此折磨，即使处置得当，也要一两年时间才能完全恢复正常。

报岁兰以春节前后开花而得名，我这盆大石门，今年第一次开花，一梗仅六花（正常的应有十至十五朵花），现在元宵刚过，室内仍有花香。

窗台上并置的，还有一盆拖鞋兰，花色紫红，一梗四朵。

紫红的花不足为奇，但这盆拖鞋兰的花唇特别，不像拖鞋，却像芭蕾舞鞋，且两片相反方向上下生长的花萼，遍布紫红线条，若网状血丝。拖鞋兰一般是一梗一花，此株一梗四花，因此也不寻常。兰花花瓣通常三片，下面一片转化为兰舌。兰科植物因多为虫媒花，兰舌往往成为昆虫往来的停车场或起落站。拖鞋兰的舌之所以演化成这种奇怪的形状，可能有殷勤留客以保证完成传粉的用意。左右两翼的花瓣，在拖鞋兰中变化神奇。有一个种，原生地在婆罗洲，花瓣变成了两条旋转下垂的丝带，达两英尺左右。这个种叫作*Paphiopedilum sanderianum*，近年惨遭罗掘，已经列入濒危物种名单。我曾在台湾的商业兰园里看到过，价格不菲，但还不到买不起的程度，所以没有动心，主要是此物如在美国海关查到，不但罚款可观，还可能要坐牢。

我这株是百分之百合法，在宾夕法尼亚州一家专营稀有兰类植物的兰园买到的，是一株杂交种，名叫*Paph.* Leroy Booth（*Kolopakingii*×Susan Booth）。

*Paphiopedilum*这字共六个音节，念起来佶屈聱牙，

美国人一般只称*Paph*。*Kolopakingii*是一个种名，Leroy和Susan显然是一对夫妻，因此，这盆花看来是纪念一对夫妻的爱情结晶。

拖鞋兰这个名称，因形似而通用，其实也不好听，前人有译为仙履兰者，大陆学界则直称兜兰。整个兰属共约五十个种，遍布东南亚。由于近年商业价值高，杂交的品种已成百上千，普及程度仅次于蝴蝶兰和加德利亚兰。更由于品种改良的关系，此花花期长达三个月。

最后要谈的是近来颇为自豪的一项意外成就。

若干年前，全家赴佛罗里达州旅游，归程前一日，参观了几家兰园。其中之一的园主人是位退休老人，也许是急于将遗爱留在人间，临别时对我儿子说：

“敢接受挑战吗？这盆送你，如果能让它开花，下次你爸爸买任何东西都打对折！”

不用说，这个“它”，不久就到了我的手中。

这是棵颇不平常的植物，学名叫作*Bulbophyllum mastersianum*，原始生境在印尼东北部的摩鹿加群岛。*Bullbophyllum*的中文正式译名为石豆兰属。这种兰科植物遍及全球亚热带和热带，可能是兰花家族中最大的一支。一九六五年伦敦费伯出版社（Faber and Faber）（诗人T.S.艾略特曾主持过）出版的《兰花百科全书》记载，这个属共有两千多个种。那还是一九六五年以前的调查。

然而，这种兰在商业界并不吃香，主要是它们的花长得不好看，其中一部分还发出强烈的刺鼻气味。

石豆兰在我这里过了五六年养尊处优的日子，始终不动声色。我遍查群籍，绞尽脑汁，它却只长叶不开花。

为了复制想象中的摩鹿加群岛的山林环境，我想方设法提供了力所能及的各种条件。光照用的是日光灯，湿度由每日晨昏两次喷雾提供，空气流通有电扇，气温方面由于长期留在室内也避免了暴冷暴热，浇花用水直接从水族箱内抽取，既去氯气，又降低盐分，而且还附送一些有机营养物，可它老兄五六年如一日，完全无动于衷。

今年春节后第三天，道理根本无从推想，它居然抽了花芽，开了一朵花。

这花直径约两英寸半，花瓣十五枚，花心赤红带茸毛，环状排列如自行车轮钢丝，向四面八方放射。由上往下看，整体花形如大蜘蛛，并持续排出恶臭。

有位热心算命的朋友告诉我：今年是鸡年，你将行大运。

自揣无能无德，所谓大运，怕不就应在这无端花开非同小可的大蜘蛛上面！

则一庭香雪虽无缘，亦颇堪自慰了。

残雪烧红半个天

朋友里面，热爱山茶花的有一位名人，读过《树犹如此》的人都知道，山茶花是白先勇的最爱。

早在一九八〇年，我曾到加州圣巴巴拉的先勇兄家里去拜访过他。那时他定居不久，新屋的院落正开始布置。他领我参观，介绍了屋边墙角新种下的各色山茶。

山茶这种植物，最为人所知的品种，原产地在日本和中国的西南，尤其是云南。西方人最早从日本移植，所以山茶三百多年前就到了欧洲。一七八六年，法国植物学家安德烈·米豪（Andr. Michaux）在美国南方的庭园里成功栽培了各种山茶，其中一个品种叫作“花之后”（Reine des Fleurs），红底带白色条纹的叠瓣花，至今仍然活跃于美国南方。

也许因为西方的品种最早来自日本，山茶的诸多“种”之中，一般人都只知道一个学名，就叫作 *Camellia japonica*（日本山茶）。其实山茶是个大家族，常见的茶梅花，花、叶均略小，也是山茶的一种，叫 *Camellia sasanqua*。家家户户饮用的那种“茶”，叫 *Camellia sinensis* Kuntze。Sinensis 即指中国，Kuntze 是命名纪念的人名。除此以外，山茶（*Camellia*）家族〔植物分类学上称“属”（genus），即“种”（species）的上级单位的植物〕还有几十个，例如中国庭园中常用来作为山茶名花嫁接砧木的野山茶或油茶，都是这个属的。

谈到西方人向中国引种，不能不想到长期筚路蓝缕像探险家的一些人物。尤其是山茶的故乡——中国大西南，最知名的大概要算苏格兰人乔治·佛雷斯特（George Forrest）。此公在十九世纪末二十世纪初，为英国皇家植物园（Kew Garden）和民间热爱园艺的富人，在中国尚未开发的西南山区，奔波忙碌了二十八年。就中国原生植物引入西欧的总数而言，无人能出其右。

还有一位奇人，法国人德拉伟（Jean-marie Delavay）本职是传教士，但传教的业绩乏善可陈，他一生中最光辉灿烂的十二年（一八八一——一八九二），即从四十六岁到五十八岁，全花在植物的采集工作上。

山茶花
JIAN. 17. 6.

德拉伟没有留下任何著作，也没有人给他作传，连法国的百科全书也无详细记载，但西方园艺界倒是很记得他，因为许多至今仍在育种上作为亲本的植物，学名中都有德拉伟的名字。

德拉伟一八三四年生于法国阿尔卑斯山的一个小城阿邦当斯（Abondance），一八六〇年授圣职（天主教），此后约有十五年的时间在广东和广西传教。但关于他的传教事业，天主教官方记录不详，只知道他曾经献身于拯救和保护当时受难的大批安南妇女奴工。

德拉伟的植物采集事业可以说是事出偶然。一八八一年，他回法国休假，认识了巴黎自然史博物馆专攻中国和日本植物的学者阿德利安·法兰切特（Adrien Franchet），并答应回中国后为法国提供植物标本。

另一个偶然，可以说是历史的偶然，给德拉伟打开了人生另一扇大门。

一八六〇年英法联军攻破北京城火烧圆明园之后，不平等条约方便了外国人深入以前不可能到达的内地。

当时的云南还是中国的边疆，全世界没有人知道，那里由于气候适宜且地形复杂，成为各种奇花异草繁衍滋长的宝地。

德拉伟当时的传教站就设在洱海边，离今天西方青年一代视为香格里拉的大理和丽江不远。

从大理到丽江，德拉伟在十二年这段对植物猎人（plant hunter）而言不算太长的时间里，爬山越岭，穿林过水，足迹所到之处，据一位俄国医生布列真雷德（Emile Bretschneider）一八九八年的报道（主题是欧洲人在中国采集植物的历史），大概有五千四百平方公里。经他之手收集的植物标本，超过二十万株，其中包括四千多个不同的种，而且有一千五百多个种是西方人以前从没见过也未经分类命名的新种。

除了山茶，云南独有的杜鹃、玉兰、铁线莲（clematis）和芍药等，最名震西欧的是一种蓝色罂粟花（学名为*Meconopsis betonicifolia*）。

除标本之外，德拉伟又给巴黎寄上了花种，其中不少发芽生长，大大丰富了欧洲乃至全世界的园艺品类。

德拉伟可能是深入中国大西南的第一个植物采集人，虽然时间不算长，但因当时的云南对于西方园艺界而言，是个百分之百的处女地，因此能在较短时间内完成令人难以置信的大量发现。

可是，德拉伟的“发现”绝非“罗掘俱穷”。云南宝地是地球上植物品类最丰富的来源之一，不下于至今仍未完全“发现”的亚马孙流域热带雨林，所以还留给后人无限空间。

让我们再回到山茶。

山茶在中国并不需要被“发现”，早在一千三百年前就有栽培记录，唐、宋以后更推广到中国江南各地的园林。

云南虽属北温带，但气候温和，雨量足，空气湿度大，土壤偏酸性，恰好是山茶最喜欢的生长条件。

我居住的地方，培养山茶难似登天，因此至今只养了一株在盆中，春夏秋三季必须找个半阴半阳的避风角落，入冬以前一定得收回屋内，否则隔年尸骨无存。此间的爱花朋友每问我，为什么山茶种盆中仍然养不好，枝叶不茂之外，还有落蕾的毛病，辛苦一年打了花苞，待要开花却整头落地。其实也没什么秘方，除了上述温度、光照、湿度（百分之六十到百分之八十左右）等条件，最主要应掌握土壤的酸度（pH 值 5.5 到 6.0）和浇水。浇水太多或太少，都易引起掉蕾。山茶和云南人的脾气一样，太冷太热不行，太干太湿也不行，云南人是天生的中道信徒。

山茶在我们这里实在不够抢眼，难得开上几朵。但云南本地有关山茶的传说完全是另一番风光。有所谓一树万朵、满山红云的说法。

据说云南山茶花形繁复，有喇叭形、玉兰形、荷花形、蔷薇形、蝶翅形和牡丹形等，颜色则有纯白、粉红、银红、桃红、紫红、深紫和一花多色。经近年繁殖，品种已经以百计，常见的有狮子头、早桃红、牡丹茶、柳叶银红、大叶蝶翅、麻叶蝶翅、紫袍、宝珠茶、大玛瑙等，最名贵者首推恨天高和童子面。

中国人文传统中，爱山茶的花痴不少，白先勇是这个传统的当代继承人。宋朝的杨万里和明代的杨慎都写过山茶诗。杨万里诗有“谁将金粟银丝脸，簇钉朱红菜碗心”句，有点言志的味道。但我最喜欢的还是画家兼诗人担当和尚的四句：

“冷艳争春喜灿然，山茶按谱甲于滇。树头万朵齐吞火，残雪烧红半个天。”

大家都到了“残雪”的年纪，先勇兄二十多年前手植的山茶，不知是否已到“烧红半个天”的境界。

百日菊织锦

收到小林来信的那天，是个艳阳高照的午后，我正在院子里忙着除草。

除草的工作，说重不重，但也不十分轻松。尤其是在夏日滋长繁茂的百日菊花丛里，原来相隔不到一尺的植株，已经连成一片，顶端开放的花朵几乎缀结成盘，要除杂草，只得弯身下跪，匍匐前进。

这片花圃有三四年历史了，原来不叫百日菊花圃，曾经是百分之百的玫瑰园。中心点生长着高高的树玫瑰，四周分植着我多方收集的各色优种茶玫瑰和多花玫瑰。这是我处心积虑要在平民风的“无果园”内画龙点睛的壮举。

今年，山河变色，大地易帜，玫瑰园瓦解崩溃。

刚过去的那个冬天，酷寒异乎寻常，怎么保护都没救，三十株名种玫瑰被杀掉了百分之八十，剩下不到十株，拨开冬防护根的堆土后，发现主干溃烂逾半，即使抽枝发芽，也不可能旺盛如常了。

这是今年四月中旬的事。

创造百日菊花圃的决心，大概发生在那个时候，但它的胎动，却又在去年八九月间。

应该说明一下，从贵族气质的玫瑰园降落凡尘，变成老百姓风味的百日菊花圃，思想上，有一个过程。

我这个院子，面积不算小，但除房子占地以外，四围有各种先天原生和后天栽培的参天大树，院子基本上成了绿荫覆盖严密的盆地。太阳每天直射约两小时，其他时间都是斜射的过滤弱光。这种格局，限制了玫瑰的健康发展。玫瑰，尤其是屡经配种改良的优种茶，起码要求每天六小时以上的阳光。当初设计时，并非忽略这些因素，总以为勤能补拙，注意其他各方面的条件，或许仍有成功机会。

然而，人定不胜天。

此地纬度偏高而温度偏低，适合玫瑰生长的季节，一年不到六个月，且空气湿度大，病害除之不尽。经过三四年的苦斗“天灾”之后，不得不改弦易辙。

玫瑰本来与贵族气无涉，但我的玫瑰因为“逆天行道”，勉强开花便显得娇嫩珍贵。这样的成果，其实是违反我的园艺哲学的。

我的哲学有一条基本要求，我要我收养培育的生命尽可能发扬本性，一句话，我要它们快乐。然而，贵族是不可能快乐的。

百般呵护依旧扶不起的贵族，迟早淘汰，国兰经验是另一例。

国兰中，最喜爱的是一梗仅着一花的春兰，不但香气好，叶姿柔软中隐现刚强，花形大而圆满，尤其是宋梅、西神梅等品种，然而，历年来屡试不成。春兰适应能力有限，中国江南地区的气候与环境，在我居住的地方无法复制，除非下大本钱，盖玻璃温室。可是，这又与我的哲学相抵触。我不愿见到手中的生命活在人工制造的环境里。所以，到头来，只有一个选择——割爱。

去年八九月间，跟一批球友到距此约一小时的一个半公半私的高尔夫球场打球。

也是有缘，那天的天气异常好，北温带的阳光，明亮而纯净，仿佛赤道高原地带的天，竟一丝杂质都没有。

球友进入会所办手续那十几分钟，我站在屋檐下，忽然眼前一亮。

在第一洞发球台的后方，约莫有两米宽、二十公尺长的一列花圃，密集生长着清一色的一种植物，茎叶肥硕，几乎相互拥抱成一整床的绿色大团块，而在这绿色大团块的顶端，怕不有上万朵各种颜色的花，混合成一片灿烂辉煌的织锦毡。颜色之鲜亮，远超过十九世纪末的后期印象派点彩风景，简直像吃了迷幻药看见的荧光镶嵌画。

走近才发现，不过是极普通的一年生露地草花，英文叫作“zinnia”，中文称百日草或百日菊。

奇怪的是，我平日熟习的百日草，高不过一尺，茎细而叶薄，花色平淡，无味，是相当平庸的切花素材。眼前的这个迷幻锦绣花圃，植株平均高度在三英尺左右，花形比百日菊大上三四倍，而且除单瓣、叠瓣外，还有各种变化，有的堆砌成球如大理花，有的花瓣团聚若百褶裙，中间有峰起的雌雄蕊。

花大之外，颜色最叫人惊疑不止，几乎没有一朵花可以称之为正色，全像经过特意地调配与洗染，好像画家为了追求最绚丽夺目的效果，利用调色盘，巧夺天工创造出来的非自然效果。

趁开球前的等待时间，向管理花圃的老先生请教，才知道这种百日菊确实不是普通品种，而是近年来杂交出来的新花样，名字仍叫“zinnia”，不过前面加了一个单词：giant（巨型）。

巨型百日菊现在也已全面推广，我几经打听，终于在一家专营花种的邮购公司的目录上找到了。

四月初，四包种子寄到，纽约天气仍在乍暖还寒阶段，不敢径往外撒种，遂播于塑料盘中。一个星期后发芽，一个月以后，有真叶五六片，主茎似黄豆芽而略粗，遂择吉日，一一移种于玫瑰园。

玫瑰只剩七株，我也未予铲除，尤其是其中一个大花品种，名叫“加利格兰”（不错，就是好莱坞那位永恒的小生明星），花瓣形状与颜色均属上选，居然幸存，如今偶开花一二朵，配在巨型百日菊的艳俗世界里，自有奇趣。

花圃除草每三五天便得坚持进行。为了达到梦想中的富丽堂皇效果，曾新添十几手推车腐殖土于花床。这些腐殖土是社区提供的廉价产品，未经烘烤消毒，内藏野草种子无数，天气越暖，发芽越快，生长也越茂，尤其是六月初之后，气温上升到华氏九十度上下，跪地除草，每致大汗淋漓，腰酸背痛，十指抽筋。

小林信到，正是苦不堪言的狼狈时刻，遂以冷水洗手、淋头，软瘫于花圃旁铁摇椅上，饮冰龙井一大杯读之。

小林是我近几年返台时结识的文学朋友，他写硕士论文，选了我的小说做题目，不时给我打电话、写信。收到的这封信却比平日厚重得多，原来里面附寄了另一位研究生撰写的论文副本。

在如今也像我去年惊艳时见识过的一片五光十色令人眩晕的花坛边读着这本研究生论文，有一种此身不在人间的怪异感觉。

研究生的论文也是以我的小说和散文为讨论对象。我看到别人下了不少功夫研读自己现已差不多忘却的作品，觉得自己变成了一帧遗像，挂在一个遥远不可及的世界里，寂寞苦笑。

特别是那篇论文的结尾，有点为我请命的味道。论文的作者说：

“像他（指刘大任）这样长年努力求变的作家，又有这么大的产量，‘我们’是不是应该重视？并给予更高的评价？（大意）……”

“我们”两字的引号是我加上的。这两个字，透露了一些可怕的东西。

我知道指导这篇论文的教授，是我曾有数面之缘的文学理论家陈芳明。

回头望向那株一息尚存的加利格兰。百日菊趁夏日炎炎积聚着虎虎的长势，巨大的躯体相互拥抱成团成块，先天不良后天失调的贵族遗老，终将被消灭于无形无影的命运，怕是难以避免的了！

花事无须了

这次大妹来纽约，一偿夙愿，在我的无果园看到了一百五十朵各色牡丹盛况空前的争春场面。此外，趁风和日丽，共游了附近六个名园和规模不同、选材各异的六个苗圃，扩大了眼界，丰富了知识，激发了雄心壮志。从初春到仲春，不过三个礼拜时间，岂止赏心乐事，简直等于一场园艺的密集教学恶补。肯尼迪机场话别时，她充满信心预告：下次来台北，我的天台花园，保证教你刮目相看！

台北地处亚热带，几无四季之分，花事应无了期。即便是天台花园，空间或许有限，但如设计周详，一年到头都可以人为制造“花事”，只需稍识各种植物的天然开花期，预为配置。进一步的技巧更可以锦上添花。植物开花的习惯，大多与光照长短有关。光照的长短，随季节变化，植物为了繁衍后代，从中取得信息，选择对自己最有利的时间，完成生殖使命，这似乎已经成为大自然的活动规律了。掌握了这种规律的人，却可以进行干预，为自己造福。

了解这一点，便明白为什么农艺先进的地区，一年四季都能吃到新鲜蔬菜，为什么情人节与母亲节虽不同季，玫瑰花却能供应无缺。

多年前，我在美国兰花协会的会员杂志上看到一则广告，遂按址开车到新泽西州西部去“寻幽探胜”。

当时正处于兰花发烧阶段，曾遍访附近商业兰园，什么千奇百怪的兰科植物都找得到，唯独我们中国人最钟爱的兰蕙无处可见。所谓兰蕙，传统说法是一梗一花为兰，一梗多花为蕙，两者同属喜姆比地兰类中的温带小种。美国人经营兰园，对象以美国顾客为主。喜姆比地兰原产于东南亚，在中国俗称虎头兰，花形大而色彩艳，植株形态壮硕而优雅，在此很受欢迎，甚至有人以之代替加德利亚兰（*Cattleya*）和蝴蝶兰（*Phalaenopsis*），作为结婚喜宴的新娘花束装饰，商用价值可想而知。

国兰虽属同族，风貌完全不同。植株小，叶细长，花也不显眼。中国人爱这种兰，一半是文化传统，一半是审美品位。国兰的细叶，半垂半挺，似乎传达了儒家刚柔相济的理想个性，花色素淡则暗合中国文化的含蓄谦和风格。尤其是香味，自古即有香祖之名，在各种芳香植物中，极为独特，所谓“香远益清”，类似茶与咖啡之别，故孔夫子说“兰为王者香”，不是拍马屁的话，正确的解读，应视为民族性的歌颂之词。在美国，除了华人和专业研究者，没人对国兰有兴趣。

登广告的商人原来是来自台北阳明山的大兰园白云山庄，也许是得风气之先，早在全球化开始之前，便不惜工本，投下巨额资金，选派优秀干部，到美洲来打天下。在距离纽约市一个多小时的偏僻地方买了一块地，除职工宿舍外，一共盖了八座现代设施齐备的玻璃温室，并从台湾运来了大批国兰，准备大力开拓北美洲的国兰市场。

这个计划雄心勃勃，可惜不到三年，不得不在现实面前低头。前面说过，欣赏国兰一半是传统，一半是品位，要想在文化上改造“异类”的习惯，绝非短期可以奏效。美国人吃生鱼寿司，试验熏陶少说也在三十年以上，大概直到《将军》电视连续剧风靡全国之后，才开始站稳市场。

开车约两小时，终于找到了白云山庄的美国分部。

八个兰房之中，七个已经没有国兰的踪迹。落难的国兰全部集中在货仓一样的最后一个暖房中，我倒是找到了久觅不得的台湾四季兰、报岁兰、寒兰、凤眼兰和观音素心，而且，讨了个便宜，等于半卖半送。

其他七个温室，为了维持员工的生活，分部经理大胆创新，以当年圣诞节的花卉市场为目标，种下了数以万计的圣诞红。这种植物原生于墨西哥，十九世纪美国驻墨西哥的公使波因塞特（J.P.Poinsett，一七九九——一八五一）将之移种于美国，因此美国人叫其poinsettia。这是一种大戟属的开花灌木，又称一品红。

为了将开花期控制在圣诞节前，白云山庄的员工利用光照长短变化的促花原理，用黑布人为缩短光照时间，一品红才能名副其实地赶上佳期，成为真正的圣诞红。

“花事无须了”因此是个现代观念。苏东坡《酴醾花菩萨泉诗》有“酴醾不争春，寂寞开最晚”句，除了人格自许，确也透露出中国人早在宋代便已在园林哲学中发展出一种按照时序创造花事盛景不断的观念，故有“开到荼蘼花事了”的说法。跟十九世纪英国人在园林哲学中创造的多年生草花圃（perennial border）经营管理和设计的原则暗合。当然，英国人的多年生草花圃更要复杂得多，除必须慎选植物开花期以形成先后连续不断的效果外，还要讲究植株的高矮粗细、叶形叶色的匹配与花形花色的对照。

补充一点。

荼蘼花即苏诗所谓酴醾，一名佛见笑，学名*Rubus rosaefolius var. coronarius*，俗名roseleaf raspberry，属蔷薇科。这种开花灌木我没见过，据《辞海》介绍，茎绿色，有棱，生刺，羽状复叶，小叶五片，上面有多数侧纹，致成皱纹，初夏开花，花单生，大型，白色，重瓣，不结实而靠地下茎繁殖。

前面拉杂谈到的一些想法，注意力的焦点都在“花”上。一个真正的现代园艺爱好者，心胸还须扩大。

花是植物的生殖器官，为生命繁衍、种族继承之所系，故在色、香、形各方面争奇斗艳，务求传粉者注意（好花多属虫媒花），自然是美的精华所在。然而，凡深入花道者，注意力绝对不会只在花上，植物全株的形态，植株的各个部分，叶、茎、皮、根与枝干，皆有足供品赏之处。东方人的盆栽艺术在这方面大有发挥，缩龙成寸而能创造苍老古拙的趣味与意境，实因人在观察大自然的经验累积中，发现了一些基本的美学原则，例如古树的树枝，越接近根底便越低垂，群植盆景则限于奇数植株，等等。中国人和日本人大概都在植物的野生环境中发现了一种残破美。常青木受雷击之后，幸存者在受伤的躯体上重新生长枝叶，生死并存的奇态，竟引发人的想象，故盆景的制造，有断头剥皮弯枝的“做老”技巧。

回到台北的大妹很快又有电话来了。

“你上次回台北送我的那盆金碧相间竹，本来没怎么管它，这次回家看见，居然发了两根新的呢……”

看来，赴美“留学”没有虚度，大妹的眼光，也开始从花走向无花的竹条了。她的天台花园，原来几乎有一半地盘，都给永远开花热闹得没完没了的矮牵牛（petunia）占据。

冬不闲

温度降下来了，树叶早已落光，草地上不但经常铺霜，偶尔还见雪迹，肃杀冬寒如今已无可怀疑。这时节，居住在我们这一带的人，只能藏头缩尾，准备长闲了吧。

城里的朋友不时来个电话。

“这种天气，还不到城里来看看戏、喝喝酒？乡下冷冷清清的，干什么呀？”

我的右邻，是个做台湾进出口生意的犹太人，感恩节一过，就开始打点行李了。

“什么时候到南边来玩玩？”他每年都不忘邀请我，“我那间公寓，窗子对着海，一二月间还有七八十华氏度，钓鱼、打球、游泳……每天随你选，何苦留在这里铲雪、发呆!”

这一带的球场，只要第一场雪落下来，两三天不化，就等于正式宣布冬眠。整整四个月时间，除了排水、养草，绝大部分员工无事可干。我惯去的那个球场，跟我早就像老朋友的那位发球员，每年一到这个长假，就像经常栖息球场湖边的加拿大灰雁一样，振翅望南方飞去。

“劳德岱堡是我第二个家。”他告诉我，每年在那儿做义工，帮他们巡巡场，做点杂活，换取免费打球的权利。

“既省钱，又可天天晒太阳，医生说，保证长寿呢!”

每年到了这个时候，不免有些挣扎，去还是不去?

佛罗里达州，对美国东海岸的上亿人口而言，早已成为公认的“人生终点”。这个“终点”，事实上不算凄凉，因为只要你辛苦一生，略有积蓄，那个退休终老之乡，就成了流着牛奶与蜜的乐土。

然而，直到现在，我仍然颇能自持地抗拒着。我的冬天，并不清闲。

霜降之前，园子里的冬防工作，够忙上一阵子。

牡丹和玫瑰，得好好护根。以平均每一株五铲土计算，这铁锹的劳动就得三百铲上下，得忙上一两天。

杜鹃的冬防工作更加复杂。

这块地，因为是天生的斜坡，每年初春化雪就成了灾难的代名词。初来那两年，野心既大，经验又不足，曾经惨遭蹂躏。一口气种下了几十棵，雪水冲刷，泥土流失，根系青筋暴露，冬眠花芽枯萎还算是幸运，整株暴毙者不下五成。痛心之余，只能效法大禹治水，在入冬前开凿排水渠道，春前更三番五次疏浚，总算找到了有效的处方，不过，该投下的劳动力，也可以想象了。

有些亚热带的块茎植物，如紫红叶美人蕉，是多年生草花圃里鹤立鸡群的重点栽培，不能不救。办法是书本里找来的，必须剪枝去叶，挖出块根，以牛皮纸包裹之，收藏于纸箱，选室内暖气不到而气温略高于冰点的地方贮存，以待来年。

这个做法，有点像热带培养郁金香。园艺学上有个名称，叫作stratification，中文译为“分层沙藏”，但其实与沙无关，只以塑料薄膜包裹而不密封，置于冰箱中的蔬果层内，把温度调到四十华氏度上下，冷藏一个月左右，让球茎过完人造的冬天，即可入土灌水，使之发芽生长。

美人蕉的块根体形巨大，冰箱容纳不了，只能放在洗衣房隔壁的车库工具架上，借洗衣房的暖气，避免结冰坏死。

五爪枫和其他耐寒盆栽也需要花点功夫，动点脑筋。

多年实践，了解到这批生命的基本要求是：不能太冷也不能不冷。“冷”的极限是零华氏度以下，“不冷”的程度又不可超过四十华氏度，过与不及皆可能伤亡惨重。

南面窗下有一溜向阳的短墙，把盆栽木架倒下横放，形成一个既容阳光雨雪又能挡风的冬眠区小气候，整个冬天可以高枕无忧矣！

为了避免高价收集的日本原装盆结冰破裂，每棵植物必须连土从盆中起出，一一以塑料购物袋包裹。包裹不能太密封，则雨雪犹能滋润，盖冬眠期的植物，虽停止生长，仍须维持生命延续也。

最难伺候的是那些原生于温暖无冬地带的盆栽植物。

山茶的开花期就在尴尬的秋冬之交，这段时间最需经常照顾。留在户外必冻死无疑，移入室内又因暖气造成空气干燥而易落蕾，保持盆土不干不湿并经常喷雾遂成为每日不能偷懒的功课。

此外，四季金桂、昙花、石榴和一些日本种的畏寒杜鹃，都必须放在南面落地窗内。浇水、施肥、松土之外，更重要的是预防病虫害。室内空气不流通，生长环境乍变，虫害随时发生，但喷药则人畜受害，只能经常注意，密切观察，务求杀敌于萌芽阶段。

半年前，在朋友家看到一棵养在盆内的绿绒荠（*Philodendron*，一称喜林芋，大陆俗称龟背竹），叶片苍翠而藤蔓虬结，从墙根蔓延而上。一路送出金爪似的气根，满布于天花板上，仿佛一幅活生生的天然壁画，煞是好看。终于忍不住要了两片叶子带上一条细藤。这种植物原生于热带雨林，我曾在印度洋中的塞舌尔岛上亲见，雨林中的参天树冠底下，过滤阳光的深绿世界里，此物蜿蜒翻腾，仿佛飞天游龙。但在我家这个环境里，费尽心神养了半年，才勉强多吐出两条气根，今年冬天也就不免成为重点保护的对象了。

重点中的重点是儿子送来寄养的二十几株非洲兰。

儿子的童年，从八岁到十岁，是在肯尼亚度过的，这是他一生难忘的乡愁。

这两年，儿子的事业略有长进，工作没日没夜，连交女朋友的时间都没有，但这批非洲兰却无论如何不肯放弃。我了解他心里念念难忘的是什么。一九七六年四月某个周末，我们驱车经过内罗毕西方的大峡谷。在一处可以眺望的峭壁山岩上，他双手捧着一株兰科植物从树林里冲出来，眼睛冒着金光。

“这是什么？我发现的……”

那可怜的生物只有三片枯干的革质绿叶、五六条气根。因为缺水，叶片的绿色近似枯黄，但叶腋中奔出一条细长的花梗，上面满缀乳白色的串花，仿佛一群浓缩成爆米花大小的白鹭，振翅欲飞。

前几年，美国经济不景气，儿子商场情场两处挣扎，这二十几株陆续收集来的非洲兰，其珍贵的程度，不难想象。我这个过冬保姆的责任，何其重大！

这批兰科植物，跟一般人想象中的绚丽耀眼兰花，完全不同，属于兰界命名为*Angraecoid*的一类植物。Angraecoid一词源于angraecums，中文称为风兰，字源来自拉丁拼音的马来语angrek，意即兰花。这一属的兰花共有一千多个种，绝大部分生长在非洲，由于生境难以复制，花色花形又不起眼，从未在兰界走红。儿子之所以多方罗掘收养，自然是因为他的兰科植物启蒙经验。

为了复制这批生命的生境，做老爸的绞尽了脑汁。

天花板上加装了仿造阳光的灯管，房间内二十四小时开着低度旋转的风扇，每天晨昏还要各喷雾一次。

最难处理的是水。自来水不能用，因为有害化学物含量过高，必须收集雨水。

温度必须控制在六十至八十华氏度之间，且日夜温差至少十度。夜间不降温，它们就不快乐。

湿度制造尤其困难，只好在它们的周边，尽可能多放些盛水的盆盘，待其自然蒸发……必要时，还得打开电动制湿器。

谁还担心冬天长闲？不累死已经不错了。

秋红故人来

画家韩湘宁从香格里拉归来，听说不久又要回去。刚好是北美大地秋叶转红的季节，遂请老妻辛苦一天，特意制作了四道小菜，一叠春饼，并邀集若干好友，趁此时候，共聚一日。

韩湘宁是老同学，读师大附中那段时期，学校的体育课安排体能分组，就身材言，我们都是“大器晚成”一类，遂被分入丁组，即个头儿最矮小的一组。所以，虽未同班，却早已相熟。

二十世纪六十年代中期，我参与了《剧场》和《文学季刊》的文学活动，湘宁则为“五月画会”和“现代版画会”的重要成员，也常有往来。那个时代的台北文艺新锐人数不多，是个名副其实的小圈圈，思潮相互激荡，行动彼此支援。我书房的一面墙上，挂着湘宁的一幅版画，绿灰色的《布鲁克林大桥》，是我以若干份如今已成古董的《现代文学》杂志换来的。这几份老杂志的封面都是湘宁的设计，但多年流离在外，他自己那几份早已遗失，有次在我家看到了，要了去做个纪念。这幅版画，便是他投桃报李的赠品。

近年来，湘宁的人生遭际，经历不少波折，画风丕变。原来是台湾前卫派中冲锋陷阵的大将，在纽约的前二十年，仍然以摄影写实方法突击后现代的感触。不过，叶落归根似乎是人性中最难解释的现象之一。……不久以后，便看到他用独创的画法，开始摹写元、明的水墨山水名作。

当然，所谓“摹写”并非传统的钩临，而完全是一种后现代的再创造。他的做法是先用摄影把原作制成幻灯片，打在画布上，再用他“只此一家”的毛毛虫笔法，把原画的每一个细节重现出来。

我曾在好友沈明琨家看到过湘宁的近作。这幅画的尺寸之大，一般家居根本无法展出。沈家有一面粉墙，是拆掉了一层楼后创造的空间，配这幅画，勉强够用。站在远处，仿佛范宽的《溪山行旅图》真景重现。近前观察，则是成千上万似不相连的墨点墨条，像显微镜下的无数阿米巴，在仿佛有互动效果的平面上，制造着多维的空间。近处远处反复调整距离、多次省视之后，画家的创意——解构之后又重构的那个仿传统又超越传统的意境，终于完整传达给观者。

湘宁这几年常跑黄山，有时一年跑三四次，不同季节不同角度的黄山，大抵了然于胸。两三年前，他忽然下大决心，把纽约的三十年做个了断，剃光了头发，搬到云南大理去定居。

洱海一带的大理和丽江，如今在国际旅游界，已经名闻遐迩，号称香格里拉，吸引了西方世界大批年轻一代的波希米亚族前往朝圣。湘宁在大理买了房子，开辟了画室，结交了新朋友，差不多成了家，却未能乐不思蜀。我说过，人性中的叶落归根现象最是神秘难测，画家的“根”里，似乎淘汰不了纽约，每年还是要找机会回来一趟。

恰好是北美洲的赏枫季，这次回“家”，不能不带他走走。

关于秋叶，亚热带的台湾读者可能难以了解。

全世界的阔叶乔木和灌木，到了秋天，都要落叶，这是人人都明白的。但为什么北美洲和东亚的落叶颜色与世界其他地方不同，却很难解释。有些科学家认为，这是地球上这两个地区秋天气温下降的速度和步调不同所造成的。这个解释，也许有科学上的验证，对我而言，说服力不强。

我宁愿相信北美洲原住民的神话。

天堂里的猎人在秋季到来时射杀了“巨熊”，熊血洒落大地森林，部分树叶染红了。猎人煮食“巨熊”时，熊的脂肪从天堂掉下来，部分树染黄了。

也许，熊血熊脂洒落之处，也包括东亚，而欧洲、大洋洲、非洲和中南美洲都避开了熊血熊脂的沾染，但那里的秋天，却逊色而无味了。

树叶变色，也有科学的解释，大抵与叶绿素制造碳水化合物（主要是糖和淀粉）的机能有关。秋季一到，光照时间缩短，气温降低，叶绿素逐渐解体，叶子里的绿色慢慢消失，黄色素和红色素遂日益显露出来，一树而红黄杂陈，往往是近阳者赤，背阳者黄。

在我住的这一带，黄叶最可观者有：白杨、白桦、山核桃、白梣、黑橡、条纹枫、美国榆、山毛榉、鹅掌楸、柳和山冬青等。红叶则以银枫、山枫、糖枫、山茱萸、枫香木、白橡、红橡、毒漆、黄樟等为主，而尤以日本五爪枫为上上选。秋高气爽之日，阳光斜射，五爪枫（正式名称为槭）叶血红透亮，树姿美者，真可以让人立地成佛。当然，日本枫不是本土之物，但近年来在城郊住家、公园大量推广。最妙的是，此间一些大规模的墓园，有专人常年管理，四五十年前种下的五爪枫，如今皆成了神物。

客人到时，天光所余不多，无法作竟日游，遂领他们到不远处一偏僻山道散步。该地无车马喧，溪石山峦草原深谷远近罗列，而树高林深，叶色变化无穷，两三小时的漫游，足以洗尽胸中块垒。湘宁手持最新型的数码相机，变换使用各类镜头，大有斩获，不禁叹道："北美洲大自然之美，真是别处找不到的……"

"那就回来吧!"

同行的张北海乘机说服。

这几年，纽约的台湾小文化圈，因圈内人的年纪增长和周遭的时代氛围变化，老成凋谢而新秀不继，不免风流云散。北海兄一向有纽约孟尝君的美誉，他那座位置适中、精心设计的两层统楼，二十多年来，早就是台湾、香港和大陆一批批文化艺术界人士到纽约必拜的码头，仿佛英雄好汉上梁山水泊聚义之前不能不过的旱地忽律朱贵酒店。

湘宁说："此地虽好，终非我乡，你们该到大理来，看看那边的云……"

那天晚上，我们看了湘宁自拍自剪的DVD《大理一年》。洱海的水、雪山的冰川和大理上空的云，几乎就是“香格里拉”的实物见证。尤其是那边的白云，仿佛来自太古，或卷或散，或浓或淡，皆纯净无瑕，没有一丝污染。

老妻的四道小菜出自东北老家祖传，木须肉、酸菜粉丝、韭菜炒蛋和银芽肉末，以手制春饼包裹，配以红酒，口感甚佳。

然而，终究还是异乡的秋天，我想未必与年龄有关，一种无法排遣的什么，堵在内里，一夜欢聚，竟无一人醉倒。

临行前，湘宁从口袋里掏出一叠斑斓如红霞的枫叶说：“带回去，让那边的人看看！”

灯火烛照的红叶，暴露了虫蚀的残缺，莫非是海外游魂的永恒象征？

阳台秋思

今夏生活平淡无奇，值得一记的唯有阳台的改造。将一百五十平方英尺的木造阳台扩建成五百平方英尺，不过是个简单的土木工程，何须付诸笔墨？但动工前后的心思转折，如今回想，竟透出浓浓秋意。

看过《红楼梦》的人都知道，书中最重要的静物主角大观园，是为了元春省亲而大兴土木，按图纸一次建成的。曹氏花了不少工夫写这个巨大园林的修建，但一旦完工，它便退入背景，作者不提，读者也看不到以后的变化了。总觉得后四十回之所以不耐读，跟略去大观园之衰有关。

园林不是“静”物，永远在变化之中。活的植物不说，非生物的亭台楼阁廊榭池馆，又何尝不是每日应有不同的面貌。只不过作者把背景布置完毕之后，眼光转移到人的身上，忘了。

住在自家庭院里，这个“变”字，感受便来得自然真切得多。每天走进走出，永远觉得有些什么地方不合适，需要改，需要变。

二十多年前搬进来，从园林观点看，我这个家，真是个“不毛之地”。除了两块草地、几株老树，真可以说是一无所有。房子是典型的蓝领阶级风格，结实然而平板无奇，院子是一张白纸，怎么涂怎么画，全凭自己。

二十多年下来，总结实践经验，我体会了一个道理：穷则变，变则通。所谓“穷”，就是觉得什么地方不太顺眼，不太舒服；所谓“变”，就是往自以为是的方向修正。到了“人”与“物”之间彼此相安无事，甚至怡然自得的地步，那就是“通”了。

第一步下手的是面对大街的前院前线。前任屋主最大的手笔是在那里种了一株玉兰。北美洲的这种玉兰与在中国台湾熟知的白兰花树虽属同类，性质却不同，叶子没那么光洁标致，花有香味但浓浊如贫贱妇人的面粉，花形大而无当，我家的这个品种呈紫褐色，并不优美，唯一的好处是，报春时节一到，满树怒放，令人精神振奋。当然，这是二十年后的盛况，初期不过四五尺高。

前线地带无遮拦，大街上川流不息车水马龙，屋子里的人终日如处闹市。这个“家”，非彻底改造不可了。

我于是花了些钱，买来各色常青针叶类乔木，建成一道绿篱，以求将市声拒之于外。但因为当初花不起大本钱，只能买幼苗，得等到五六年树形高大繁密之后，才真正起阻隔作用。

就这样，这个“穷变通”法则便一路从前线开始，顺势向后方发展，花木草石的布置，屋内格局的改造，点点滴滴，步步为营，二十多年下来，忽然惊觉，这个蓝领阶级品质粗糙的家，开始有一点它自己的风格了。

但是，有一个小小的疙瘩，始终横亘胸中，即连接书房与后院的那个阳台。

原来的屋主不是读书人，书房是我接手后的第一个改造工程。当时做得略显性急，附加的阳台未经深思熟虑，虽然还算结实，但面积太小，只容得下三四个人在其上盘桓活动。

早就想改造了，但有两层原因，让我下不了决心。

父亲过世前一年，曾有一段时光，每天坐在阳台上小餐桌旁看报写信。拆掉这座阳台，会不会把那个珍贵的记忆破坏了呢？

此外，为了心目中的理想阳台，我也曾有过一个罗曼蒂克的梦。

我想把阳台扩建好，并把阳台底下和两边的院落用一道溪流和水池连接起来。我想象自己在晴日或雨后，从烦倦的书斋生涯里走出来，信步走向阳台的左边，看汩汩泉水从山石堆中涌出，再踱向阳台右边的栏杆，俯看成群结队的五彩锦鲤优游于萍藻天光云影之间。

我甚至把锦鲤的最佳组合都预想好了：红白两条，昭和三色（墨底绯白）与大正三色（白底绯墨）各三条，外加金鳞金黄和银鳞白金各一。

此外，如果能找到近年来从德国鲤与传统鲤的杂交中培养出来的新品种，如秋翠、九纹龙、羽白和黄松叶等，那就锦上添花了。

这就是我的濠梁观鱼之梦。

我甚至为了这个梦，做了一个小小的实验。

一位前辈朋友跟我说过他的经验。“我们这里凿池养鱼，最怕两样东西，”他说，“第一是冰，第二是浣熊。前者还好解决，池中最深处挖一个三尺以上的深洞，鲤鱼可以过冬。这里冬天绝不会冰冻三尺以上。浣熊就难了，除非你在池上加装铁丝网盖……”

我不信邪。

车库角落里有一只以前为了养荷花而买来的皮蛋大缸。荷花因为此间夏天不够热，阳光不够强，光长叶子不开花，这缸因此已闲置多年。我把它抬出来，清洗干净，注满水，摆在待凿水池的预定工地上。又从宠物水族店买来五条饲料金鱼，配上些水草，静观其变。

有两三个月时间，相安无事。金鱼不但长大，而且互相追逐、交配、撒种，居然在藻叶中找到几条没给大鱼吃掉的幸存小鱼。

造瀑布、水池和溪流用的必要器材和设备调查完毕，就准备动工了。一天早上起来，忽然发现金鱼不见了两条。但检查水缸附近，毫无犯罪痕迹，我怀疑是天上怪叫的鹞子（一称雀鹰）趁人不备作的案。又过两天，夜深人静时分，忽听院子里兽声大作，打开灯，见两只浣熊围着皮蛋缸撕咬怒吼，见我提了根棒球棒跑出去，才仓皇逃走。

濠梁观鱼之梦就此粉碎，总不能隔铁丝网看鱼吧！

直到阳台年久失修又因天气潮湿长了霉才痛下决心。

父亲的影子，我相信，终究会藏在内心某处。何况，重建后的阳台，按照我的计划，已扩大延伸到他以前最钟爱的那株百年老橡树底下。在那里，我摆下他习惯用的小餐桌。今后，只要天朗气清，那里也就是我读报写信的地方了。

至于锦鲤，也只得依往例，穷则变，变则通。只是规模不得不大幅度收缩，也顾不得名种不名种，买几条顺眼的三英寸鱼仔，留在水族箱里欣赏。虽无濠梁观鱼的哲味，烦闷时，也可以在箱前小坐。

最主要的“变”还是变自己。

乐水的心境，不知何时开始，也不知为了什么原因，变成了乐山。

这扩建的阳台，倒恰好承担了这一变化。从旧阳台的边缘往前推进约六米，如今站在阳台的前端，竟好似整座后山的林木，向自己心的深处贴近。

铁线莲

铁线莲的中文名称起因不详，但不难推知。这是一种匍匐型植物（creeper），它的动态是靠生长期的攀缘蔓延形成的。我们应该有一个观念：植物与动物的分别不在于“能不能动”，植物的生长就是一种运动，与动物不同的是，植物的运动只能一往直前，不能回到原点。从这个观念出发，匍匐植物与一般植物不同，它的运动方向不一定向上，而取决于生长期间所找到的支撑物。种南瓜的人都知道，阳光直射的地面就是它的支撑物，因此，南瓜的运动，基本上是在平地上向四面八方扩张，寻找地盘。铁线莲也可以采取这种形式，有一种俗名叫作“甜秋”（Sweet Autumn）的白花铁线莲，花季在秋天，异香扑鼻，庭园布置中常见的方式即当成一种覆地植物（ground cover），用以装饰草坪边缘，或作为花圃、步道间隔的配置。

虽然有这么一格，但铁线莲的主要培养方式，还是与牵牛花、茑萝一类攀爬植物一样，让它沿着自然或人工的支撑物，向上运动到一定的高度，再自然下垂。如此形成的景观，不仅在“调色”上发挥作用，而且增加线条的飞动趣味。

中国人为之取名铁线莲，大约是从这种观赏方向中得到的灵感。铁线者，因其茎细硬灰暗如铁丝，如不直立面对，不易察觉。其花色则从单纯的纸白到丝绒紫蓝，无不具备，且无论单瓣重瓣，大体皆似睡莲。中国人因为没有分类学观念，为花取名字多通过比拟联想手段。君子兰与君子何干？也非兰科。铁线莲又一例证。

铁线莲的英文俗名clematis，取自拉丁学名的属名。*Clematis*属共有两百多个种，种名各异，故能识别。*Clematis*的字源是希腊文klema，意思是“卷须”。命名者抓住的是铁线莲匍匐前进时紧握支撑物固定身体的特殊方式。

匍匐前进是一种生存策略，生长在林地底层或山崖水边，如何从众多竞争者中寻得一条生路，接近生命之源的阳光，各有各的办法。紫藤的茎蔓本身自然形成顺时针或反时针方向的缠绕，以卷曲的力量抱住支撑物，从而节节上升。南美洲和印度洋岛屿上的喜林芋（*Philodendron*），则利用须根抓住粗糙的树皮，向树冠处找阳光。常春藤（ivy）和爬山虎比人更聪明，人类的维可牢（velcro）技术，得等到二十世纪才由瑞士人乔治·德·麦斯特拉尔（Georges de Mestral，一九〇八——一九九〇）发明，利用尼龙刺互粘的性能，代替了纽扣。而常春藤和爬山虎等植物，早在人类出现之前，就已知道利用支撑物表面的凹凸不平与极细纤维的附着，创造了风力不能动摇的固定技术。

铁线莲的茎藤虽如铁线，但抓不住支撑物，它利用的是叶梗。叶梗（leaf stem）或称小叶柄（petiole），细而有力如卷须，抓着任何支撑物就转弯缠住不放。由于叶梗细而短，弯曲度大，种铁线莲使用的人工支撑物也就与紫藤等不同，竹竿木柱钢架都无效，因为太粗（超过四分之三英寸就不行）。我的经验是，最好利用透明尼龙海钓重磅鱼线。由于透明，铁线莲枝繁叶茂花满树之时，尼龙支撑物便视而不见。又由于尼龙线本身柔软，还可以顺植株的生长蔓延，任意造型。

搜索我脑中所有有关台湾的记忆，似乎找不到铁线莲的影子。然而，根据文献记载，中国原生的铁线莲就

铁线莲

有约一百二十个种，不限于温带北方。事实上，目前欧美园林中广泛种植的品种，大多数是欧美原生种与东亚种的杂交后代。台湾也许也有自然发生的铁线莲，或许因为原生种的花形花色不够引人注目，种植不广。尤其因为亚热带气候的影响，九重葛（*Bougainvellea*）自中南美洲引进后，泛滥成灾，公路旁、院墙、房檐屋角与庭树，都成它们的天下，而拼搏性不强、性格比较温柔敦厚的铁线莲，相对失去了地盘。

然而，如果你不喜欢浓妆艳抹，铁线莲的温和淡雅色泽，其实是调剂盛夏的上选。

铁线莲的种植培育，当然要比九重葛一类野性不驯的生命难度稍高，但要求还算合理，不妨介绍一下我的经验。

首先，它喜欢偏碱性的土壤，pH 值在 7.0 至 7.5 左右。酸性土壤可以加上一些农用石灰调制，初植应将近根处的头两个叶节（leaf node）埋入地下，以便鼓励多发茎枝，最终形成较丰满的植株形态。

施肥不宜过多，一年一次就够。我使用的是氮磷钾三元素平衡的颗粒肥，随生长季节灌水融化而徐徐释放，既符合生长需要，又防止肥重伤根。开花前酌量施加有机磷肥，效果更佳。

初次向苗圃购买时，老圃教导，学会了一个要领，叫作：“头进阳光脚入阴”（Head in the sun, feet in the shade）。这是因为铁线莲的根部性喜阴凉潮湿，向上运动的枝叶当然是阳光越多越好，叶绿素有充分的机会制造营养，才有可能达到满树生花的效果。为了达到这一要求，我学会用腐殖土拌和碎树皮做成覆盖层（mulch），四五英寸厚，堆在根部附近。唯应切记，覆盖层的材料吸水性强，长年潮湿贴近茎部，容易造成茎烂或引致病虫害侵袭，故覆盖层的堆叠，至少应距主茎半英尺左右。

台湾既属亚热带，而铁线莲并非常绿植物，秋冬是否落叶，不得而知。此间种植，对于冬去春来的植株休养生息循环，必须注意整枝（pruning）。整枝技术不好，则不但植株生长不良，着花也稀落无常。

这一带苗圃出售的铁线莲苗木，一定注明整枝要求所属的类型。一般分为A、B、C（或1、2、3）三类。初春天气冬眠芽开始苏醒时为整枝期，属于C（或3）类的铁线莲，每年初春要把整棵植物的茎叶全部剪掉，地面上只留三五主茎约一英尺，以待植株重新生长。B（或2）类者，则应剪去经冬受损的枝蔓，并将植株中间部分生长过于繁密处打薄剪稀即可。A（或1）类的整枝工作最简单，只需剪去枝蔓尖端部分，主茎千万不可断，一断即无生机。

整枝是北美洲庭园培养铁线莲的重要知识，欧洲的做法也一样。我初试此物时不察，两三年成效不彰。

还应提一下病害问题。

铁线莲开花期一到，往往发现茎干有腐烂现象。这是真菌造成的病害，无药可治，往往从接近地面的茎部侵入。唯一的救济是将病茎全部剪除，其他健康茎仍有生长繁衍机会。真菌孢子传染速度快，一发现朽烂即应当机立断，迟疑不决可能导致全军覆没。

铁线莲有些品种开花期绵绵不绝，一波又一波，直至霜雪降临。那时节，茫茫大地一片银白，彩色缤纷或许已是多余。

拒鹿

前两天，明尼苏达州有个猎人误闯私人用地，遭主人驱逐，造成纷争，竟酿成六死三伤的惨剧。为了猎鹿而杀人，如非长期居住麋鹿天堂，恐怕难以理解。邻居告诉我一个故事，他有位亲戚从欧洲某大城携眷来访，某日清晨，客人全家正在后院阳台上用早餐、看报纸，小女儿忽然惊呼：

“小鹿斑比！”

就在远客们沉浸于诗情画意的童话时刻，邻居的小儿子提了把气枪突然出现，二话不说就开了火。“小鹿斑比”虽未当场击毙，受伤之后，必将烂死在林地里。

远客们，尤其是那位小妹妹，当场吓傻了眼。邻居说，亲戚从此成了陌路，拒绝同他来往，把他看成了残忍无人性的冷血动物。

“这是一种文化差距造成的震撼！”邻居的结论，颇获我心。

每年秋天，我这个苦心经营了二十余载的不大不小的院落里，有做不完的“冬防”工作，够我忙上一阵子。园子里有上千生命，即将面临肃杀严冬，如不细心维护，次年开春免不了恤死抚伤，而“冬防”工作之中，最伤脑筋的，莫过于“拒鹿”。

让我先谈一谈美国的“鹿灾”。

据官方统计，全美国目前的“鹿口”约四千万头。由于各州皆有人道主义的保护政策，以上的估计数可能过于保守。许多地方政府规定，猎鹿有一定的时间限制，生殖季节禁猎，母鹿和小鹿禁杀。像我居住的这个郡，甚至人道到不准用火器枪械，猎者只能用陷阱和弓箭，而且，所有猎人事先必须申请执照，规定狩猎季（通常一个多月）内猎杀的数目。

天敌剧减（美国境内的野狼，有些地方早已绝迹），自然生境由于人类活动的扩张而缩小，鹿口又相对大量增加，结果就成了“鹿灾”。

所谓“鹿灾”，当然是指“鹿”对“人”造成的灾难。

保险公司的报告指出，美国每年发生车与鹿相撞的事故一百五十多万起，因此死亡的人数超过三百，修车和保险损失在十亿美元以上。一九七九年，奥地利有人发明了一种“救人鹿警装置”，一九八一年引入美国，据说许多大公司的车队、州警队和政府野生动物保护机关均已采用。这个装置由一对两英寸长子弹形状的器械组成，装在汽车的前保险杠上。当汽车行驶速度超过每小时三十英里时，通过汽缸的空气便发出超声波的信号（在一万六千到两万赫兹之间），远在四分之一英里之外的野生动物因此不致冲上公路。由于是超声波，车内和路上的人都听不见而不受干扰。

但这种装置尚未普及到一般用户。

除了车祸，还有病灾。

寄生于鹿身上的一种壁虱（tick）携带多种病菌，会造成严重的流行病。

壁虱吸收了鹿血，带着病菌，从鹿身上掉下来，栖息在树林草丛之中，有人经过时便爬上人身吸血，传病于人。其中最严重的叫作“莱姆病”（Lyme Disease），因一九七五年在康涅狄格州南部的莱姆镇首次发现而得名。这种病，轻者皮肤出红斑、关节疼痛和轻微发烧，如不及时以抗生素消灭，病菌侵入中枢神经系统、心脏和脑部，足以致死。

我居住的这个郡，位于纽约州南端，原来是一片丘陵地，原始林的覆盖面相当大。虽然有些近纽约市的地段早在十七世纪就已开发，破坏程度不算严重。近百年来由于城市扩张迅速，逐渐成为纽约市的卫星郊区，人口大量拥入，房地产和随之而来的交通、商业设施不断增建，山林面积萎缩，野生动物的生境日益局促。记得二十六年前刚搬来的时候，清晨傍晚，常见野鹿在门外马路上溜达，如今已成川流不息的通衢要道，加上丘陵高地被开发商看成利市百倍的高级住宅宝地，大片原始林被分割成片，野生动物遂被迫在割剩的狭小天地里求生存，人兽之间活动的范围开始重叠。

我因为三年前被壁虱咬过一次，得了一种怪病，叫作埃立克体病（ehrlichiosis）。病菌侵入身体后，大量破坏血液中的血小板，造成严重的低血压，几乎因此丧命。后在郡政府的网站上追查，发现我们这里竟成了流行病区。一九九一到一九九四年，仅登记在案者，每年平均有六七万人遭壁虱侵咬。近年因联邦政府拨款，疫苗研制成功，稍有好转，但威胁仍在。我家老二周末返家常爱带狗上山散步，也感染了莱姆病，整整吃了一个月抗生素才恢复正常。

对我和我的邻居而言，“鹿灾”最大的威胁还不是上述事故或病痛，因为只要小心谨慎，防灾避难并不困难。

最难对付的是“小鹿斑比”的胃口。

每年冬天，山林里面能吃的都吃光了，“斑比”群开始下山，到附近的住宅区里觅食。前几年，一个春天的下午，邻居隔着篱笆向我求教。

“怎么你的杜鹃还有花？我家的杜鹃丛已经成了鹿的沙拉吧了。”

这可不是三言两语说得清的。我的“拒鹿”经验，少说也有十几年了。开始也是屡败屡战，试过的手法不下十种。市面上能买到的，都一一采用，其中有各种不同配料的喷剂，气味难闻不提，最混账的是，好不容易花了钱又花了时间和精力，全部喷洒一遍，过不了十天半月，一场大雨或雨雪，全部效力化为乌有，又得重新来过。洒在地上的拒鹿药粒，情况也大致相同。为了省钱，自己也尝试过辣椒和大蒜水，虽省钱，制作过程却教满屋子人人仰马翻，涕泗交流，而实效依然不彰。我又试过人发（到常去的理发厅收来的）、狗粪和代价不菲的超声波发射器，然而，“小鹿斑比”的智慧不可低估，饥饿压迫之下，它们也有屡败屡战的精神，一个冬天下来，最后还是突破了防线。

那年深秋，我请邻居来见习我的伟大拒鹿工程。

工程材料一共三种：黑色尼龙网、铁桩和钓鱼线。

铁桩分两种：植株不高的花床区用四尺的，杜鹃区则用六英尺的。用铁锤打下地二英尺，每隔三至五英尺一根，作为尼龙网的支柱。

尼龙网是上网买来的。七英尺宽一百英尺长的一整卷售价二十美元，每年要用十卷。尼龙网黑色，铺上后远望不见痕迹，故不至于碍眼。网眼约一公分大小，鹿嘴即使伸入也无法咀嚼。

钓鱼线则是最后一道壁垒。必须用钓海鱼的重磅鱼线，在鹿可能侵入的所有进出地区，绕树布置，上中下三条。上阻颈，中挡身，下绊腿。因鱼线颜色透明，夜间活动的鹿看不见，只觉阻挠而不见物，“小鹿斑比”再聪明也不懂如何穿过。

邻居的惊叹，不在话下。

最得意的是，对于“小鹿斑比”，只拒而不杀，维持了最低的人道要求。

而来春满园花开时，收线拆网虽烦，至少了无血腥。

园梦

园艺跟淫欲一样，都是饱暖以后才有可能的事。跟淫欲不同的是，它主要调动腰以上的种种潜能。因此，脑有多少层次，园便能容纳多少层次；心怀多少想象，园也能体现多少想象。园林的创造、开拓和经营，因此是个无边无岸无涯无际的发明空间。这一点不难明白，因为园就是人间的天堂，天堂理应无边无岸也无涯无际。

关于园，中国人最习惯的讲法是“花园”。这两个字，无端透露了小老百姓的愿景，也暗示低层社会的容易满足。一切美好事物，“花”是最显而易见的象征。百花集中于庭院，一般人的天堂便具体实现了。

美国一位植物探险采集家辛克利（Daniel J.Hinkley）指出，“花园”这个概念，已经渐渐过时。过去一百年来，由于财富累积和消闲时间增加，人们对于园艺的要求，已从炫眼夺目的“花”逐步向生态意涵更为丰富有趣的“木”转移。甚至各类有观赏价值的“草”，也开始登堂入室，成为园林设计的新宠，灌木与乔木，不再只是陪衬。辛克利说，近年来，植物配种与选种的趋势，走向了“木质”的植物。他举了一个例子，北卡罗莱纳州立大学的山地园艺研究推广中心，在兰讷博士（Dr. Tom Ranney）领导下，今年推出一个夏蜡梅的新品种calycanthus“venus”（维纳斯夏蜡梅），能够长期绽开白色染紫并带甜香的玉兰形大花。

这个有趣的开花灌木是个三P成品，园艺界术语叫作Ménage à trois（法语原义为“三方家庭”，即夫妇二人加任何一方的一位情人同住的家庭）。这三方还有一方来自中国，即原产北美洲的*Calycanthus floridus*（美国夏蜡梅）配*C.occidentalis*（加州夏蜡梅）再配*C.chinensis*（中国夏蜡梅）。

提起蜡梅，中国人一定联想到“伴我书声琴韵，共度好时光”那句歌词。但夏蜡梅不是蜡梅（学名*Chimonanthus praecox)*，前者俗称allspice（多香果），是一种芳香性灌木；后者俗称wintersweet，才是每季最早开黄花且有异香的蜡梅。至于为什么*Calycanthus*与*Chimonanthus*都译成蜡梅？这是中文园艺界经常混淆不清的分类学命名问题。据我观察，岂止两岸的园艺名称彼此尚未统一，大陆自身内部也常有一物多名或多物一名的现象。

这是闲话，不谈了。

且回到园林。

除了上面提到的由“花”到“木”，还有几个值得注意的园林趋势。

首先是“草”的问题。这个“草”，不是前文所说的“观赏草”（ornamental grass），而是构成大美国园林传统特征的大片草坪上的“草”。

这种“草”，不但在美国农业经济里面占有一定的位置，而且可以说是典型美国文化的一部分。据估计，美国化肥工业最大的消费客户，你可能想不到，不是农业客户，而是普通家庭。只要开车到任何城市边缘的郊区去转一转，家家户户都至少有或大或小的一方草坪。为了养这些草坪上种下的“优种草”，春夏秋三季得施不同的化肥。这些化肥的总使用量超过农业用肥。没在美国郊区生活过的人不可能了解，这种“草”可不是随便乱长的。阳光下的草与阴地的草不同；供儿童嬉戏因此不怕践踏的地方，与人迹少到因此不需践踏的角落，得使用不同的草种或不同的多草配方。为了适应各种条件和环境，草的配种成为大学和研究所的专业，而且不用担心经费来源，因为有的是经营“草业”的大公司资助。高尔夫球、棒球、足球等运动场地的用草，就更复杂了。

展望未来，由于环境意识的日益普及，我感觉，这种“草文化”可能日渐式微。不少专家看出，园艺界有个新潮流，就是推广耐旱和强悍的植物品种，鼓吹以符合本地自然生态要求的植物为主材的新园林观念，设法取代传统费水耗肥的“草坪”与“花圃”。

事实上，西方园艺界自从维多利亚时代以后，以英国罗宾孙（William Robinson）和杰克尔（GeHtrude Je-kyll）等园艺大师为代表，早就在倡导自然植物群落的再创造与再诠释；美国的简森（Jens Jensen）也主张本土主义，注意当地植材的利用。对于他们，园艺的真谛即是与大自然生物和非生物体系的一种艺术对话。毫无疑问，对于近年来靠人工水源灌溉和大量化肥维系的园林，他们一定会拼命反对。

可是，美国现在开始检讨自己的作为，终于走上了现代化道路的中国，却毫无反省能力，处处模仿，事事抄袭。只要到台北、香港、上海、北京等大都市“现代化”速度最快的那些地区去逛一逛，立刻可以发现面临淘汰的美式园林正以疯狂的速度和不惜工本的代价，在观光饭店、工业园区、大型基建设施和摩登住家社区周遭成片复制着出现。外观的虚矫丑怪不谈，知识上的盲目与社会成本的浪费，实在令人痛心。

园林是人的创造物，因此，什么样的人便会有什么样的园林。同理，园林的外观与内涵，也必然反映它们的创造者——人。

日本的僧侣园，无论是沙石耙梳的水痕还是反景入林的苔绿，必然传达日式禅机的意趣。凡尔赛宫的几何构图园林，不过是要显示十九世纪欧洲理性主义的自信。中国的文人园，也有它自己的选择，不外是儒家的天人合一和道家的素朴恬淡。清代大盐商的怪石堆叠，自然更反映了他们“花开富贵”的占有欲。

创造园林的人，如果不能真正进入植物本身，这些“成品”必然缺乏有机的生命。

天堂理应无边无岸也无涯无际。无边无岸是空间，无涯无际是时间。这样的园林观念，只有在构成园林的主材料（植物）给适当安放在有机生长环境里面才有可能成就。

我因此有一个梦。

假如我有用不完的时间。

假如我有用不完的精力。

假如我有用不完的财富。

假如我有用不完的知识。

我就想到地球上地形、土壤、气候条件不同的地方，各买一块地。地无须太大，也不能太小，要之，有足够空间让当地所有代表性的大小植物安身立命，该成片的成片，该成林的成林。

然后，仔细调查研究这些本土生物的生命循环、生长习性和必不可少的共生关系，把它们最天然的美，重现于梦园。

这样的园，是真正快乐的园。它不必表达人的理性，不必诉说神的旨意，不必宣传和尚的智慧，也不必解释哲学家的理念和艺术家的感觉。它只是快乐地活在那里，让走进其中的每一个人看见，啊！这就是幸福。

这样的园，当然只是我的梦话。

完美的早餐

要成就一次完美的早餐，谈何容易。仔细想想，这么多年来，也就这么一次。

天时、地利与人和，缺一不可，其中地利尤难，得有长年累月的经营与磨合，等到成熟的时候，一切已了然胸中，只等天候适度，人脉融洽，可以见机行事了。

故先从地利谈起。

有人说，所谓的“美国梦”，到头来，绝大多数人，碌碌一生，只攒下一座房子罢了，其余皆镜花水月一场空而已。不过，房子倒是不空，端看如何选择，如何运用。

我这敝帚自珍的老屋，是五十多年前一名意大利裔的蓝领阶级创建的。此公出身黑手党，因此谈不上什么品位，但有一个好处，黑手党好大喜功，在此一地段，与四邻相比，占地特大且用材多属百年不坏的原料。光是全屋的上等橡木地板，近年新建者，绝少此例。

但老屋有一大缺陷，由于地势倾斜（前低后高山坡地），每年雪水融化，常泛滥成灾。黑手党办了件好事，在房子与后山原始林之间，造了一堵坚实的防水墙。水涝问题虽解决，但整个家园像被腰斩，前后院仿佛两个互不相属的天地。

购屋五年后，稍有余力，遂在二楼加建书房一间，便开后门，建一红木阳台，连接后园。

这座阳台，如今不但是承上启下的桥梁，更成为户外活动照顾全局的中心。

没有后山那片“原始林”，早餐不可能完美，这一点，宜细说之。

“原始林”三字加上引号，是因为它其实不那么原始，至少跟人们想象中的原始林不太一致，没有那种源自太古、深不可测的蛮荒风味。不过，也足够了，它终究是未经人工处理，千万年来自生自灭的地方。美洲东北部原生的各色阔叶树种，由于无人干扰，多能延伸至近百英尺的高空。除了树冠连接成叶海，枝间叶隙有雀鸟穿插营生，松鼠、野兔、金彩鼠、浣熊、臭鼬、花鹿等哺乳动物，以及蝾螈、蜥蜴与草蛇一类爬行动物，都在原始林的荫庇下活动。出没其中者，我还目睹过野火鸡的家族巡游、野鸭的母子散步和过境的雉与红狐狸。顽童时代的孩子们，曾抓到过乌龟，捡到完整的鹿角。

“原始林”的地表，经常覆盖成年积叠、分解不息的腐殖土，然而，四季的变化依然默默进行。有一种叶形巨大的野菜，在美国俗称臭鼬菜（skunk cabbage），在中国一般叫泽兰，每到初春雪水融化，便在后山脚下低洼积水处怒生成丛，往往树的叶芽尚未展开，便已像聚结成球的高丽菜似的铺满那一带因树冠无叶而阳光直射的地面。那时节的林地基本还是枯黄，却从未见过任何食草兽染指，也许它天生有种自卫机制，正如它名称由来所暗示，竟能每年安然完成生命循环。春去夏初，它们便不见了。

有一种野生的球茎植物，不知其名，也是逢春必来，春去即归。叶片薄，形似蝴蝶兰而略窄，叶面有淡黄透紫斑块，无茎，开一种金针菜色的小花。球茎植物中，野生但早已引入园林的是开一串串铃铛形小白花的幽谷百合（lily-of-the-valley）。它们的繁殖方法可能是根、种并行，因此像游击队一样，除了原地不断扩大成片，也偶在原无此物的地点出现。也许因为它天生谦卑又生生不已，竟成老妻的最爱，每年春天必往林中搜寻，并掘出部分装盆，赠亲送友。

林地里最惹眼又养眼的是羊齿。

羊齿不能没有野味，养在盆盎的蕨类植物，看来总有种“屈就”的感觉。当然，热带原生于瀑布岩壁的铁线蕨（maiden hair fern）不在此限，它就是需要盆栽，才有可能层叠蓊郁如云蒸霞蔚。我曾在非洲瀑布岩壁上发现它的踪迹，生命也许顽强，却因自然条件限制，无法充分发挥。后在肯尼亚某兰友温室中见到，始惊为天人。以特大号陶钵驯养，给以充足水分与过滤阳光，无须施肥，其繁茂昌盛程度，袅娜娉婷之态，野生环境绝无可能。但此地土生的羊齿，质地坚厚，性格顽强，收在盆中则似东施效颦，留诸野地始成其风貌。

多年前，两个孩子陆续读完大学，各自取得谋生能力，我的经济负担突然减轻，遂请伐木服务公司，将草坪周边碍眼且具威胁性的野树十一株悉数予以清除（若遇暴风雨，有树倒压屋的危险），草坪因而扩大一倍有余。林边环带地段则置花树若干与各色耐寒杜鹃，并遍植叶形似箭镞、花色若紫云英的西伯利亚鸢尾。林地外缘阳光雨露仍可供季节性植物生长之地，埋下了数以百计的黄水仙（daffodil）、西班牙蓝钟（Spanish bluebells）

和粉色春红花（crocuses）的球根。此后每年春秋培以腐殖土，任其繁衍。

如是，行之多年，完美早餐的地利条件，终于准备完成。阳台上的野餐桌，可以随时待命了。

地利势必要有天时条件的配合，否则何来完美?

在一年四季的各种节令中，就早餐而言，唯有仲春那一段日子，可供选择。夏日炎暑，秋肃杀而冬萧条，皆不可行。初春如黄花闺女，春末如美人迟暮，阳台上，也不宜盘桓过久。要之，放眼四望，欣欣向荣的气象，应似绝色女子，恰在其风华正茂稍纵即逝的岁月，过犹不及也。

纽约这个地区，虽属大陆型气候，但因大西洋近在咫尺，每年春季，往往变幻莫测。四月中上旬，经常乍暖还寒；五月中下旬，往往暴雨成夏；只有四月底到五月中约莫两个礼拜的时间里，各种风险因素，大致消除，这时候，完美早餐的实现，随时可能来临，但还须密切注意以下几个指标性的发展。

第一，阳台右前方经过长年修剪整形而成罗伞宝盖状的紫藤，上百条倒垂的穗状花序，有没有露出靛蓝?

第二，原始林前缘和阳台两边的防水墙上方，各色温带杜鹃群植，是否含苞待放?

第三，阳台上右望，高过邻家墙头的那株先花后叶的中国紫荆，枝条上如红色珍珠成串的蓓蕾，开始饱胀了没有？

第四，阳台上左望，防水墙成九十度转折的那个角落里，利用防风防寒小气候环境栽种成活的小片竹林，竹竿是否转青？绿叶是否舒展？

第五，阳台左右下望，两块花圃里经营了多年的各类改良种玉簪，初初摊开的黄、绿、蓝、白各色阔叶，是否逃过了蛞蝓偷袭，完整体现了晶莹欲滴的饱满生命状态？

第六，原始林的万千枝条，是否已被亿万翠色叶片覆盖？

第七，四老是否能够全员到齐？

所谓“四老”，指的是老大老二两个远居他州的孩子和老妻老夫一对早已无话可谈的怨偶。

完美的早餐足以化解多年累积无从冰释也不可能消失的一切龃龉、摩擦、争执、矛盾和遗恨，足以让生活里无端惹来的所有不切实际的妄想和幻觉，长期落空的希望和梦境，永恒骚扰的执念和挫伤，全部干净彻底归零。

得抓紧时间了。

两个孩子各有自己的事业，又都在他方谋生。四月下旬到五月中旬，一共不过半个月，得提早通知他们，选定其中的一个礼拜天。得密切注意时灵时不灵的天气预报，且焚香祷告，预定的日子里，没有任何意外。

今年五月二日，早晨六点左右，我被窗外呼晴的鸟声唤醒。梳洗完毕，趁家人未醒，开车上道。先到三英里外一家白俄开的西点面包房，给老大老二买到了法国羊角包（croissant）和奶油蛋卷（brioche）。再往五英里外的犹太店给老妻买罂粟子和芝麻粒敷面的硬面包圈（bagels）。回到门前，拾起了《纽约时报》，走进厨房，开始把事先配制的咖啡粉（法式烘焙咖啡、哥伦比亚咖啡和肯尼亚咖啡各三分之一）放进壶中，再把余人叫醒。

早晨七点半到九点，阳光温而不热，明而不亮。鸟声喧哗，但不嘈杂。原始林上方，轻风摇动树叶。阳台上，遮阳伞下，老妻与孩子们的对话，十分家常。我没有插嘴，只漫不经心地浏览着《纽约时报》上纷争不断的世界，仿佛听见一个声音不知在对谁说：

“想不到，活着真好！”

泪眼问花

每年开春，我有个日久成习几已升华为仪式的散步，地点选在车程十五分钟的布朗克斯植物园。

选这个地方，有几个原因。第一，它距离不远，因此不必特别准备，兴起便行，兴尽即归；第二，植物园位于我家南方约二十公里处，在冬末春初这种节气，布朗克斯看到的迎春动态，一星期后便出现在自己的庭院，所以，这是暖身预习；第三，这个市立植物园有悠久的历史，保留了少数冰河期以后的古老原始林，新种植的常青树种和观赏花木，品类繁而分植于不同的小环境，尤其是它著名的亚洲杜鹃、高山岩石植被和多年生草花园，都是每年必访多次的景点，开春的动态若不了然于胸，以后便无从比较了。

然而，这个仪式，却不一定轻松愉快。

初春期间，美国东部原生种的落叶乔木，如枫、榉、榆、橡……都选在这个时候开花撒种。这些树种高大壮观，花却极小，并无观赏价值，可是，一棵树传出的花粉，无法计算，至少以百万计。特别是惠风和畅的艳阳天，空气里布满它们的子孙后代，连气象员预报都必须提供资讯，就叫作pollen count（花粉指数），警告敏感的人，千万注意预防。

有一年，约了两位同好如期举行仪式。事先听过天气预报，故早有准备，一进园门便各自戴上了口罩。三个戴口罩如临大敌的亚洲人，在阳光灿烂的礼拜天，溜达在周遭如《绿野仙踪》的世界里，被一位金发碧眼的老太太迎面碰上，不免好奇。

"你们这是干吗呀？"她问，手指着嘴巴。

"花粉热！"三个人异口同声。

老太太看来是个上流社会有修养的人，却冲口而出："Silly（傻蛋）！"

本来嘛，她的评论也没错，既然怕花粉就不要来，既然来了，就不要怕，戴口罩逛园，实在不成体统。不过，她可能是天生体质对花粉不会敏感，何尝能够体会，她的评论，听在我们耳朵里，实与"何不食肉糜"

没有分别。

花粉虽无毒，但对敏感的人，比毒药还狠，轻者眼睛红肿、耳朵发痒，重者喷嚏不止、涕泗横流、魂飞魄散，尴尬痛苦而无地自容，恨不能将自己的耳鼻眼喉全部抠下来消灭之。

据统计，美国患鼻道敏感症的人约四千万，其中百分之六十五（约二千一百万人）属于花粉过敏源的受害者。在这两千万人中间，大约有一千四百六十万人，除了涕泪交流而“痛不欲生”，还可能有更严重的后果。打喷嚏、咳嗽、擤鼻涕搞到流鼻血者算是轻微症状，最坏的可能引发气喘，甚至因此致命。

造成鼻道敏感的病原，除花粉外，还有许多其他起因，陈年老屋累积的灰尘里暗藏无数尘螨，尤其是地毡、沙发、旧书和阴暗角落通风不良处容易滋生霉菌，都可能成为侵袭人体的罪犯。

跟尘螨与霉菌不同的是，花粉是季节性产物，所以，凡有幸得此症者，世界越美丽，人生越痛苦。在北温带的纽约长住，春秋两季本应是似水流年如花美眷共同享受的时光，花粉热一来，仿佛大难临头，各人自寻生路。

讽刺的是，花粉热其实不是病，只是错误警报诱发了人体免疫机能的过度反应。医学界认为，花粉热之所以发生，是因为花粉进入鼻道后，人体本能产生抗体，这种抗体中含有组胺（histamine），组胺刺激上呼吸道，从而造成肿胀、喷嚏、眼泪、鼻水……所有毛病都来了。

也就是说，别人原不是来攻城的，自己紧张过度，手脚大乱，造成了莫须有的灾难。

我家老二，十岁不到就出现了严重的花粉热症状，千方百计找到一位名医。名医规定：每星期到他诊所一次，除了打针，他不给药，也不治疗。此外，每次去，父母必须陪考，他叫作seminar（研讨会）。根据他的理论，花粉热是一种心理状态诱发的病态，尤其针对年幼儿童，父母在场不仅有安慰作用，而且父母本身对病情全盘掌握，事事配合，才能根治。而打针更是长期作战，因为名医说：“地球环境中可能刺激人体反应的物质何止千百，不知道是哪一种，如何有效预防?”说得很有道理，小孩可苦了，如果每一种潜在敏感原都得抽样打针送进孩子的身体里面去，再观察他是否有反应，则完成确诊至少要三年时间。不但孩子不堪其苦，父母也不堪其扰，只得半途而废。

这时候，恰好听朋友说，他的花粉症，经过针灸，居然不发了。于是，全家大小，移樽就教，每个人身上插钢针、烧艾草，历时数月，花粉一来，依然涕泪交流，不能自止。

最恐怖是凌晨起床时刻，鼻子忽然像坏了的水龙头，哗哗流出来的不是鼻涕黏液，而是清水。之所以恐怖，是因为水流似乎完全失控，不得不怀疑自己身体这部机器是否就要解散。

花粉热患者求药的诚心至少比得上仙山盗草的白娘娘。

同病相怜，每有新药面世，受难同志必定奔走相告。这二三十年，我试过的药至少在一打以上。二十世纪九十年代初，加拿大据说不用医生处方便可买到开瑞坦（claritin），遂打长途电话托亲朋好友大量采购航空供应。这种新药居然十分有效，一天一粒，二十四小时之内确实维持了做人的尊严，而且，毫无副作用，不头昏不瞌睡，上班作息一切照常。可是，好景不长，一年后再服，便跟其他试过的药品一样，完全失效。

也有人说，练气功、打太极拳可以改变体质，故也曾如法炮制。可是，我练气功，身心宛如顽石，从来无法入静得气，体质当然无从改变。太极拳对我就像永远投入不了的舞蹈。曾经有位女性朋友热心教我跳舞，最后只得叹口气放弃。

“你身体怎么那么僵硬，一点韵律感都没有！”她说。

可是我自忖，打篮球的时候，尤其大学最后两年，不是还被人誉为“台大黄国扬”（当年中国台北队前锋）吗？

因此，中西医、佛法、传统练身术……遍试无效之后，只有一条路好走——预防。

预防的道路以尽量避免花粉进入呼吸道为主。除了戴口罩，屋子里必须有避难设备——卧室门窗密封之外，并加装最先进的空气过滤器材。

为了让今年的春秋两季平安幸福，花了六百美元购置离子风杀菌器一台。这种“高科技”装置有两个组成部分：其一，使用静电推动空气通过一组充电的不锈钢片，空气中的任何微粒异物一经充电，便吸附在钢片上（过段时间加以清除）。此外，装置中还有一个飞利浦公司生产的紫外线杀菌消毒灯，所以除花粉外，大凡细菌、霉菌和病毒，一律杀无赦。

每年五月下旬，我家例有牡丹花会。住在曼哈顿高楼大厦里的一班朋友，届时呼朋引伴相约到茅舍饮酒作乐，过上花团锦簇的一天。没有人不羡慕我得天独厚住在如此逍遥自在的花花世界里。

我也不予拆穿。没有人知道，每读“泪眼问花花不语”那一句，“泪眼”两字，我是另有体会的。

久雨初晴

这个周末，画家庄喆和杨识宏来我家包饺子、爬山、看电影。

三项活动好像性质各异，怎么能一块儿举行？然而，我发现，相交淡于水的老朋友之间，彼此自动为对方设想，往往互动共享，从而创造出一种相处方式，竟然十分美好。

约会是一个多星期以前便定下来的。当时，我看今年吾园的牡丹潜力无穷，仔细算，各色蓓蕾不下两百粒，估计日暖催花，到期必然盛况空前。原打算约齐城里居住的艺术家朋友们共度一日，不料有事的有事、生病的生病，结果只有他们两对夫妇应邀，我的游园赏花计划不能不改变初衷。

加上天公不作美，纽约入春以来，阴雨连绵不断，气温冷热无常，牡丹花苞提前开放，风吹雨打，飘零萎谢，佳期未到，姹紫嫣红已纷纷蒙尘落土。

如何招待客人不免焦心苦思。

忽然想到久未涉足的洛克菲勒家族保留区。庄喆提议他有两套珍藏影带，晚上可以消闲。

爬山时，庄喆说，富翁里面有坏人，也有好人。这话确实符合儒家的精神，事实也的确如此。洛克菲勒家族，应该算是好人的代表。这个家族，从老约翰·洛克菲勒创办“标准石油公司”发了大财以来，三代之中，出了不少慈善事业家，从社会救济、奖励艺术到大自然的环境保护工作，确实捐了不少钱，我们出游的这个自然保留地，便是其中之一。

老洛克菲勒从十九世纪末开始，陆续在纽约州威斯彻斯特郡靠近哈德孙河谷的山川优美地带，收购了大约四千英亩土地，其中包括原始森林、草原、丘陵、湿地、湖沼、溪流和悬崖峭壁。整个地区以这一带生活过的原住民部落波坎提戈（Pocantico）命名，称为波坎提戈丘陵（Pocantico Hills）。

自一九八三年开始，洛克菲勒家族先后捐出一千多英亩，交给纽约州公园、休闲、史迹办事处管理，并由洛克菲勒三世基金会拨款，作为新成立的洛克菲勒州立公园保留区日常管理维护的经费。

保留区内除山林、草原、沼泽和面积二十四英亩的“天鹅湖”（Swan Lake）之外，还有历年人工修筑的马车道二十英里，登山越野步道四十多条，和风景绝佳的观察点若干。园方根据洛克菲勒家族的意愿，园内除散步、慢跑、爬山、季节性钓鱼（要执照）、滑雪、骑马和摄影等活动外，禁绝一切可能破坏自然生态的露营、打猎和机动车辆，包括登山自行车和雪车。

我们选择了靠近一一七号公路的波坎提戈河步道游览。这条步道沿波坎提戈河蜿蜒北行，全长一点九英里，坡度不大，来回约一个半小时。波坎提戈河其实是一条溪流，原住民命名的原意是“两山之间的暗溪”。这个“暗”字指出了其中隐含的风光，盖溪岸两侧原属一万年前冰川遗迹，曲折处，磐岩雄踞，开阔处，微见天光，树高林深每见古藤缠绕，草青溪浅，偶遇鲈鳟跳水。步道本身则宽阔有余，其实是马车道与步道并行之处，保留地管理员工更是就地取材，沿溪岸筑列纹路奇特花色不一的巨石，方平者适于休息歇脚，崎岖者可供观览欣赏。沿途所见草木全属本地原生植物，无一人工栽培。此处仍在温带，除少数北美种铁杉和东岸白松之外，绝大多数是落叶乔木，以美国梧桐（Sycamore）、山毛榉、栎、枫、榆、桴和鹅掌楸为主。威斯彻斯特因为是丘陵地，与长岛相比，较不受海风影响，因此树木多高大，我家后山便有不可侵犯的庄严，但这一带真正是名副其实的原始林，尤其是树干本就粗壮笔直的鹅掌楸，生长在它习惯了的老家环境里，发挥了全部潜力，近看时胁迫威逼，让人喘不过气，远望只见树冠摩天，仿佛云梯。

树木高大古老往往引起人的宗教感情。我记得多年前游加州“幽山美地”（Yosemite National Park），山顶少有人踪，一大片千年红杉（*Seguoia*）巨物，万籁俱寂，似乎连鸟都不敢发声。面对这些神灵，你真有不得不跪下去的感觉。

杨识宏与庄喆都来自台湾，但我们结交却在美国。杨是画家中较少见的对诸多问题善于潜沉思考的知识人，每次见面常有谈不完的话题，尤其是近年来，画作中隐隐透露人对大自然幽微深邃的孺慕敬畏。

与庄喆一家更有些历史渊源。二十世纪六十年代中期在台北参与《剧场》杂志工作，其弟庄灵即为同人。封面“剧场”两字朴拙的隶书，就是庄严伯父的手笔。

庄家可以说是今世难得的一门儒雅，除庄伯父一生奉献于国宝文物的保护典藏，他一家四兄弟都是终生不渝的艺术工作者。遗憾的是，一直无缘认识大哥庄申。二哥庄因则是台大文学院的同届同学，庄因除了散文上的成就，更是当代知名的书法家。这两年我开始对书法发生兴趣，老来学艺自是力不从心，常向庄因请教。

我们的“电影晚会”从饺子宴后开始，在座者还有不少闻风赴会的关心艺术文物的至亲好友。

第一部放映的是中央电视台专题摄制的《故宫文物南迁》纪录片。电影追踪了一九三一年“九一八事变”后的时局状况，说明了故宫文物南迁前的各种困难和阻力，并跟踪南迁的三条路线，重新回到抗战期间掩护储藏国宝的洞穴和仓库，访问了如今仅存的一些相关当事人。

这部电影的摄制技术稍嫌落后，编辑方式也不够紧凑，但大体上照顾了大局和细节，尤其是意识形态上出人意料地保持中立，显示了实事求是的精神。

第二部电影是台湾公共电视台《重返历史现场》系列的一个单元，由学者庄伯和（庄严学生）主持，邀请了三位与国宝南迁历史相关的人士参加讨论，主轴则是庄家三兄弟（大哥庄申因病未成行）重回历史现场寻根问底，最后带出这批文物精华如何历经艰难险阻来到外双溪的因缘，并因此造就了台湾，成为举世闻名的研究中华民族文明发展的重镇。

当事人在场，电影看起来便特别有兴味，镜头上出现贵州安顺的藏宝天然洞穴，庄喆的旁注是：“那时候，我们小孩经常跑进洞里，练夜光眼……”

顺便一提，那晚上的饺子有三种馅，黄芽白、韭菜和瓠子，最精彩的是饺子皮，口感远胜市场现货，配上加州红酒，风味绝佳。

更应一提的是，吾园牡丹虽遭天谴，却意外发现波坎提戈保留区的入园处，新种了五百株牡丹。原来“九一一”后，盛产牡丹的日本新潟县乘机大做民间外交，赠送礼品慰问纽约居民。

“在这个了解别人文化对双方有益的世界上，这些牡丹花可以作为美丽的开始……”

保留区之友俱乐部主席乔治·古敏纳先生在牡丹园竖立的纪念碑上如是说。

这个周末的主题，不恰好是文化的冲突与和谐，而冲突的始作俑者，无非是大自然脚下的人类愚行。

盆栽四季

在我为期不短的“拈花惹草”生涯里，在盆栽这个领域，最缺乏专业精神，理由何在，我至今也不甚明白。也许是先天性情比较倾向英国的园林哲学传统，相对之，盆栽的创造、经营和管理，不免自觉有违自然之嫌。然而，小小盆栽天地之中的四季，不也一样是大自然生老病死全部规律的完整重现吗？而我的投入，却又始终有点冷热无常，为什么呢？

也许是美学观念上还有些不易明辨的障碍吧，我有时也这么想。

百年以上的五针松，收缩于方尺之内的陶盆，虽有盘根错节之奇，皮色斑驳之老，枝丫参差之美与针叶亭亭之变化造型，恍如远山云飞雾散，一干曲折忽隐忽现，苍翠点染似有似无，这种对盆遐想的时刻，固然很符合东方文化的某些特质，却总觉不如西方园艺美学中某种无法取代的经验。

园艺是大自然的精致重造，这在东方或西方，大体是一致的。

陶盆内的五针松，原始的灵感也许直接取材于类似黄山的天然造境，也许脱胎于骚客词人的吟咏，也许竟是水墨画作的二次模拟，总之，虽然也是大自然的重造，这一叶之剪裁，因受东方庭院格局的拘束，终究“大”不起来，难收荡胸绝眦波澜壮阔之效。

多年前，闲居无聊，驱车往长岛某园参观。

该园为某世家豪门旧居，如今捐为公物，但因地处偏僻，知者不多，平日游客本已稀落，我去的那天又恰好是周末过后，上千英亩的地方，仅闻鸟语，不见人迹。

时间是下午三四点钟，节气正当杜鹃与樱花竞开，而多年生草花圃只有新绿，尚无花蕾，我因此丢下了导游图，哪里有颜色，就往哪里逛。

记不清楚究竟逛了多久，反正逶迤迂回，饱览姹紫嫣红之后，感觉上已经到了水穷处，恰好有张红木长椅，满脑子的彩色缤纷，必须纾解一下，遂坐下吸烟。眼光跟随袅袅上升的烟雾，首先入眼的是波浪微微起伏仿佛绵延到天边的大片绿茵，却在尽头处，视线被一群暗红的巨物挡住，下不见绿草，上不见蓝天。因为距离远，看不真切，那巨大的暗红团块竟似层峦叠嶂。然而，想象中，这一带园林基本上建造在平坦的地形上，整个长岛都没什么山，怎么可能有高山自平地轰然耸立的奇景？

那天，我足足在园中来回走了三趟，无非是要从不同的距离和角度，领略一下那几株参天的紫红叶欧洲山毛榉（purple leave European beech）个别和集体呈现的壮观美。

主干最粗的那株，跟阿里山神木和加州“幽山美地”的巨木红杉（giant sequoia）不相上下。山毛榉主干入地处的根形很特别，像非洲大象的腿，四面八方紧紧扒住表土，深入地层。树皮泛白，皱纹密织也似象皮。因为是温带阔叶树，秋后叶落尽，整体形状在寂寥长冬，便像有上万个千手观音，互相拥抱着指向天穹。从春至秋的生长季节里，山毛榉的叶片，似乎凡见光处都予满占，交互层叠几至鸟雀无法穿越，树底的地面遂终年没什么阳光，杂草都无法生存。而树冠之壮实雄伟，远望似摩天大楼，近看令人喘息敬畏，尤其是欧洲种的紫红叶，在绿叶族的环绕相衬下，简直不似生物，让人觉得若无神力相助，不可能成就如此惊人的岿然不动。

这样的神物，如何入盆？如何在盆中重造其精神？

我确实也曾在书本上一个盆栽展览会中见过陶盆中的山毛榉，体质健康且姿态不恶，不过，难免有点像玩具了。

大概就由于诸如此类的原因吧，我的盆栽作品始终不能入流，事业永远起飞不了，虽然断断续续，也有差不多二十年的时光，忽冷忽热地伴随我的四季作息。

不妨依着四季的顺序，简单说说其中不乏的些许苦乐。十几年前，修房子剩下一些木料，恰好南面窗下有一溜墙，光秃秃暴露于难得的阳光中，既为遮丑，也为了光照浪费可惜，就利用这墙前的空地，搭了个盆栽架。

盆栽是历年来早就累积了一些，主要两个来源：园中种下了二三十个不同品种的日本枫，有的种子能够自行繁殖，有的种子虽经采集培养却从不发芽（多为杂交改良种）。发芽的日本枫，任其在园中生长，不到三五年，便有小指粗细，遂收入盆中。另一种来源则是逛苗圃偶然会发现体态违反商业标准的名种常青或落叶乔木与灌木，苗圃主人往往贱价求售，我也等于捡了便宜。

每年开春便是悲欣交集的时候。

盆栽在我们这个地方过冬，每年都要通过烂根、裂盆与组织彻底破坏的严酷考验。烂根与裂盆有时还有救，顽强的生命可能挫伤元气，却也有可能从没有完全破坏的根干部分重生枝叶，再创生机。这样形成的盆栽，往往不需要故意去“做老”而老态自成。

北墙根下是我选定的盆栽过冬区，因为那一带靠着屋子透出的余温，加上不远处有堵防水墙恰好挡住了北风，冬防条件比较适合。但是温度暴升暴降仍不可免，结冰时撑破陶盆，破坏植物的生理组织，因此开春的第一件工作，便是恤死抚伤。

盆栽一一清理上架，日子一天天暖和起来，工作量也便相应增加。

换盆是这一段时间最吃重却也最可享受的工作。在温煦而不强烈的阳光下，把根须满钵的植物掏出来，整理修剪，旁边放一杯上好的龙井，一个上午在莺飞蝶舞伴奏下，可以过得不知有汉魏。

盆栽教科书对于填土有严肃的规格，尤其是日本的（我只能看翻译本），但我一向懒得遵守，我用一份河沙、一份壤土、一份泥炭，外加一份经干燥处理的牛粪，搅拌均匀之后，效果也没太大差别。

盆栽的用盆，也有许多讲究，初时爱用国货，不久就发现，国货价廉而物不美，不但造型与质地差，一个冬天下来，经常大批开裂或阵亡。后来学会上网，从得克萨斯州一家专营盆栽的公司邮购，只要选季节交替出清存货的抛售期，可以用与国货相等价格买到日本原装货。

夏天是我从事盆栽训练的季节。

由于生长旺盛，剪枝摘芽的工作不可怠慢，否则多年经营的形态可能完全走样。

中国人做盆栽，喜欢用麻绳缠绕或竹片夹制拉扯，以期日久成形。我的经验还是以为日本人利用铜丝柔韧的办法较为可取。但这种做法也有个缺点，铜丝缠上一两年，痕迹便留在枝条上，等这种丑态消失，又得不少时日。

秋天是丰收季，尤其是叶变果熟，入冬前的黯然，平添几许凋零未至的妩媚，尤其是日本枫，我常在仲夏选一两株状态最好的植株，把全部叶片剪除，两个星期左右，便又生出一树新叶。这批新叶因为营养有限，体积相对缩小，纤维更加细致，色泽愈益集中，比新春发芽时的幼叶还要耐看。

江浙和岭南一带流行的盆景，日本人爱玩的石景，对我都没什么吸引力。我只为我的盆栽就地取材，跋山涉水偶遇好看的石块，墙缝岩侧发现的绿绒苔藓，插入盆土，敷设钵面，虽无奇趣，在我看来，却比较大方得体。

我的盆栽，不是艺术，是盆里栽种的四季，日久天长，遂成为人生变幻的伴读。

大寨田

好久没老童的消息了，直到最近，小宁来我家逛园赏花取经，才听他说："园子已经成形了，像个大寨田，规模不小，只是种得密密麻麻，让人觉得透不过气来……"

我已经多年没跟老童来往了，他那个园子的"破土典礼"，我还去过一趟。这一算，都差不多二十年了。二十多年前，我们分别从皇后区搬家到北边的威斯彻斯特，老童其实是我们当中的始作俑者，他不声不响，而且明显地经过精打细算，买下了当年大伙视为"豪宅"的这座四房两厅兼有半英亩山林的独立家屋，悄悄搬了过来。

那年月，"走资派"的帽子还有点让人吃不消，动不动就有人揪出某某，在大小会议上严批猛整。我倒是很早便发现，老童忽然从这一类场合失踪了。他从前热衷的时候，经常喜欢点别人的名，当众骂人骂到狗血喷头，有几次甚至激动到自己痛哭流涕。

我当时便对老童的作风有点不感冒，海外学生运动嘛，何必性命交关。此外还有个小小过节，我嘴里不说，心里却不免嘀咕。

那已经是三十年前的事了。老童在美国南部某大学混得不太好，他也是搞保钓搞昏了头，快到手的法律博士搞砸了，只得携家带眷开着他的老爷车到纽约来找事。

为了面试的时候穿得体面讲究，我从衣柜里找出那套英国毛料哔叽西服给他充场面，不料从此一去不回。等他定居下来以后，我只得硬着头皮向他要。那套西服我虽不常用，却是我父亲留给我的，实在舍不得。

有天晚上，老童把西服送回来了，却换了一套平价市场买来的旧货。我说他可能搞错了，老童竟然恼羞成怒："我家里就这么一套西装，怎么可能错？不信你到我家里去查！"

我当然不可能去查，只好算了，还得向他道歉，怪自己记忆不清。从那以后，便有意无意跟他保持点距离了。

若干年后，我也决定到威斯彻斯特安家落户，第一次买房子，不免谨小慎微，虚心向“前辈”请教。老童倒是很热心，可是他给我介绍房地产掮客的时候，一定要自称律师，又给我加上博士头衔。这套玩意儿，我还是有点吃不消。那时候，老童不过在华埠一家律师楼替人整理资料写点简单的文案而已。

老童后园的破土典礼，确实办得十分讲究，给我留下的印象，挺深刻的。

一个晴朗的礼拜天下午，我们坐在他家屋后的阳台上，老童一面主持烧烤聚会，一面跟我们说明他的施工计划。餐桌上摊着工程图，图纸上除简图外，还注满了详细说明。甚至连步道用什么颜色与质地的石材，每个花圃里待种的花木名称，都有具体注解。

然而，喝啤酒吃烤肉的时候，望着他家的后山，却让人捏一把汗。

那座山，其实不能算山，只是山的一半。最高点的地方，连接的是个平台，那是他邻居的后院，是已经完全开发的草坪，只不过边界上留下十几棵摩天大树，从那个地方到我们所坐的阳台之间，根本就是一面陡峭的斜坡，坡度不但够大，上面且布满半埋半露的巨石，整面斜坡上，藤蔓缠树，荆棘丛生。

想象中，要在这种条件下开拓出老童理想中的花园，先别谈这工程可能牵涉的赤裸裸的劳动力，光是清除那些藤蔓荆棘后，这水土保持问题怎么解决，就是个没有专业知识不可能对付的难局。

老童那天却表现得乐观而积极，吃完烤肉和甜玉米，又请我们到他的地下室，那里布置成一间古典音乐欣赏的殿堂，最先进的音响设备置放在设计精美的橡木地板平台上，适当的距离摆着一张古色古香的红木太师椅。地毡与板壁，据老童介绍，都经过音效仪器测试。

我们听了一个小时的瓦格纳歌剧序曲，然后才正式破土。

那天算是没有白吃，帮他挖那丸巨石，腰几乎折断。

那段时间，我们都渐渐离开了保钓运动，各人在自己的世界里挣扎求生。

我虽然搬到老童家附近，彼此的往来却日益淡薄。然而，总不断有些消息，在共同的朋友圈子里传来传去。

老童的花园工程，我后来再也没有直接参与，但经常听人说，他的确是玩真的。有人说，他在阳台下面开挖了一个又大又深的洞，租用卡车运来一车车的鹅卵石填上，又在山上开辟了地下排水系统，全面、彻底解决了水土流失问题。又有人说，老童的休闲车变成了植物搬运车，每次到苗圃买花，不是三棵两棵，而是成批成批以打计数的。甚至于花园用的腐殖土，郡政府环保办公室都拒绝继续供应。因为，据说官方认为，他的用量超过一般家庭百倍，继续廉价供应对其他人未免不公平。老童只好租来一部碎木机，把山上砍下的树打成木屑，自己做堆肥。

老童后花园的落成典礼我没参加，去过的朋友相告：何止花园，简直跟植物园差不多了。

然后是那个大雪封路的冬天，传来了老童“出事”的消息。

地下音乐厅的隔间，是放置洗衣机、烘干机和中央空调设备的所谓杂用房，那里面没有经过装修，水管、通气管道和房屋结构的一些支架都暴露在外面。那天深夜，老童用皮腰带把自己悬挂在一条横木上面。幸好他体重过人，支架给拉垮了，他老婆睡得还不很沉，发现了，找邻居紧急送医院，救了回来。

那以后，老童在朋友们心目中的形象，大大地走了样。从前，老童虽不免刺激别人、糟蹋别人，但大伙都觉得，那是因为他觉悟高，律己严，何况，他自己确实是百分之百投入的。保钓热潮过后，当然也不再有人批他“走资”，因为反正大家都“走资”了嘛。而他经营花园听音乐的热情，也被不少人看成一种典范——他做什么都认真严肃，那么有决心，他不是常人。

“出事”以后，老童的故事常常带着“不稳”的意味。甚至，有一次，据说他服务的律师楼，有人突然抱住他，怕他从十一楼的窗口跳出去。

于是又传出来老童经常弄神弄鬼的消息，一会儿说CIA（美国中央情报局）、KGB（克格勃，那时苏联还没解体）、国民党和×××四方面的人同时在追捕他，一会儿又说送信的邮差就是黑手党的刺客……

小宁这两年常来我家，在种花植树方面，往往向我讨教，因此透露了一些轻易不对人言的事情。小宁是老童的远房侄儿。

那天，大概是偶然向他提到，玩花草虫鱼这些东西，不能没有平常心，一股脑儿往里钻，可能走火入魔的……他或许有感而发，悄悄对我说：

“你知道，我那次送我叔上医院，事先关照好了，看诊的其实是位心理医生，他才开口讲几句，我叔便跪下了。”

“你救救我，你救救我……”我叔说。

“我叔祖是个军人，你知道。我叔从小就给军事管理，你知道。我叔十四岁犯了个严重错误，他强奸了他妹妹，给我叔祖打得头破血流，差点没命……”

前两天，我去看了老童的大寨田，是杜鹃花开的季节，那一山的杜鹃花，怕不有几百棵，只有一个品种，叫作“母亲节”，叠瓣大花，颜色一律，老童的后山，如今覆盖着一片血红。

因尼斯夫莉园

从来没趁初春时节造访因尼斯夫莉（Innisfree），大妹从台北来，因此成行，倍觉酣畅。

在台湾成长并渐入老境的我们这一代，大妹排行老二，六个同胞兄妹中，她是身先士卒投入社会的第一人。一九六二年，也是初春时节，我正筹划出国，当公务员的父亲家计负担十分沉重，不得不让高商刚毕业的大妹放弃上大学的机会，参加台湾银行的招考。家住桃园县龙潭乡十一份，考取台银数钞员的大妹，每天黎明即起，搭民营桃园客运巴士颠簸数小时（当时尚无柏油路），到桃园台银分行上班。十八岁的女孩，何等心骄气傲的青春岁月，每天坐办公室八小时，数不完成捆成箱的破烂脏臭纸币。我至今无法忘记她每天回家后躲进房中流泪的情景。

大妹后来利用公余之暇上大学夜间部，完成了学位，在台湾银行前后干了四十多年，最后才以稽核专员的资格退休。

退休后的她，在自己屋顶阳台上有限的空间里搞园艺，兴致很高，经常打电话跟我讨论。

阳台上的园艺活动自然有很大的限制，这次来，我决定带她去因尼斯夫莉走一走，其中有个关节，应该说明一下。

因尼斯夫莉是个天设人造的山水园，建园的概念据称萌发于中国八世纪开元、天宝年间的诗人画家王维的山水画幅，采取了因景造境的手法，开拓了人人景中随缘散步不断变化视角与心境的游园观念。这是在有限空间里得无限机趣的原则。我以为，如能畅游一番，必能给大妹一些启发，回台后面对她自己阳台上的小空间，也许会激发一些新的想象与灵感。

让我再花些篇幅，仔细介绍一下这个北美洲独一无二的别致园林。

台湾甚至亚洲各地来美国游山玩水的人，即使对园林有浓厚兴趣，绝大多数只知按导游书前往一些名气大的园林胜地参观。位于费城近郊的杜邦家族遗产，名震全球的长木园（Longwood Gardens），每到周末假日，必人山人海。我每次去，游客中的黄面孔比例一次比一次多，摩肩接踵，笑语喧哗，不能说没有乐趣。无论如何，长木园的规划设计，规模之大，品类之繁，确实在北美诸名园中无出其右，尤其是它的连栋暖房，设备周全，收藏丰富，选种精致，虽然跟在人潮中，只能走马看花，每次去还是很有收获。不过，那种满足感，基本上跟乡下人进入大都会的豪华购物商城没有两样。惊诧不能说不是喜悦，其效果却如假日夜空的彩色烟火，瞬间灿烂而已。

因尼斯夫莉所给的却是完全不同的经验，我相信，全亚洲，包括品位最高的日本，没有多少人知道这个“偏僻”地方。

因尼斯夫莉取名来自英诗人叶慈（即中国大陆读者熟知的叶芝）的《湖岛因尼斯夫莉》（*The Lake Isle of Innisfree*）。书房里恰好有杨牧兄一九九七年的赠书《叶慈诗选》（一九九七年，洪范），第二十页载有此诗。创建此园的贝克夫妇当初命名的灵感源于该诗第七行，原文是：“There midnight's all a glimmer, and noon a purple glow.”杨牧译为“那里子夜是一片灿烂，正午紫光一团”。我觉得，“一片灿烂”四字可能诠释过头，跟我到园中的观感不甚符合，“灿烂”似应改为“幽明”，杨兄以为如何？

七十年前，艺术家瓦特·贝克（Walter Beck）娶了明尼苏达州钢铁大王的女继承人玛丽安（Marion），立成巨富。传说他们二十世纪三十年代在伦敦一家图书馆里发现了王维的山水画，遂将观画心得重现于纽约州德契斯郡（Dutchess County）的谷地私园。

这个说法有一点问题，我查过手边中国绘画史一类藏书，发现贝氏夫妇所谓的王维遗画可能有误，至少不可能是真迹。传世的王维山水作品，日本有一幅《江山雪霁图》，据传为元代内府故物，且经赵子昂鉴定，董其昌等人也深信不疑，但明末孙退谷却断定其为后人临本。除此以外，一千两百年前的王维真画，恐已风化无遗。

不管贝克手上的画是否为王维作品，有一点可以确信，贝克建园的原始概念是观赏了中国水墨山水画才受到了启发。他自己也发明了一个造园新哲学，定名为“窝园”（cup garden）。所谓“窝园”，需要解释一下。“窝”者，以掌窝聚成独立隔阂的小空间，其形如杯，跟十九世纪欧洲风行一时的框割风景画类似，即选择大自然中一小块与周遭环境截然不同的景观，集中加强处理，以凸显其特征，并与平凡的邻近地区相隔，形成景点。贝克的造园观念后经哈佛大学景观建筑系主任柯林斯（Lester Collins）发扬光大，园中初具规模的各个“窝点”，破除了原来的平面视角，发展成三维空间，并将整个园林塑造成一“巨窝”。“巨窝”之中，沿中心湖区按天然水、石、木、草、峰、谷的分布，依势造型，创造了湖区环状地带的无数“小窝点”。每一“小窝点”又配置了各种灌木、草花、石材、古藤、巨树和购运自中国的砖、瓦、石雕等，使之彼此陪衬，相互呼应。故游人到此，从湖上高坡入口处下望，先产生进入“巨窝”内浏览徜徉的欲望，走上环湖步道后，又能随着“小窝点”各有所长的景观，驻足观赏而流连忘返。

“巨窝”的中心，也就是“杯”底，是略似鹅卵形的湖。湖岸其实不像鹅卵的线条那么平滑，湾汊曲折回环之外，平缓山坡地上有高耸入云、密不透光的原始松林，高峰下泻的溪流则以人工叠石构成分支细碎的洒花瀑布群，叠石上常年自生着苔藓、地衣、羊齿与加种的各类耐寒景天（sedum，又称八宝或蝎子草），天然的巨石群落也各自构成特区，加上沿湖的沼泽地，湿地上架起了古木桥，适当地点配置着上冲蓝天的喷泉和湖里不请自来的天鹅与其他水鸟，环湖漫步一周非两三小时莫办，真要游透则可消耗一整天。

因为还是初春，睡莲的幼叶刚浮上水面，荷叶仍无消息，却见去年的莲蓬在水边随波浮沉。

一九五四年贝克夫妇过世后，因尼斯夫莉这片自然与艺术杂交完美的园林遗赠给“因尼斯夫莉基金会”，由科林斯经营，一九六〇年之后，始公之于众。

我们从纽约市北郊的威斯彻斯特出发，沿北上的塔孔尼克公园道（Taconic Parkway）行车约一小时，至四十四号公路交流道出来，经过一小镇米尔布鲁克（Millbrook），再开两英里左右入山，全程不到一百英里。但入园盘桓约三小时，前后所遇游人（包括慢跑者）不到二十人，还是个礼拜天！

大妹说，这要是在台湾，早变成西门町（台北闹区）了。

问她心得如何？她答：“我那个阳台也可以分区处理，大陆的植物和台湾的应该按美的原则混合配置……”

看来，脑子里的选后震荡，尚未完全清除。这里还有几个名园，该领她去走走。

长岛种植场

这两个礼拜，生活的主要节目叫作“兄妹游园”。

我一共有四个妹妹，二妹在台湾教书，三妹在大陆营生，这次参与游园活动的是大妹和幺妹。大妹是苦干了四十年的银行职员，幺妹在联合国闷干了三十二年，现在都退休了。三四十年的黄金岁月，全身心投入，朝九晚五的生涯，养儿育女的煎熬，如今解脱出来，做哥哥的，能为她们做什么？

我领着她们游园。

上礼拜，我们共游纽约市北方约一百公里神似中国山水画的因尼斯夫莉园。这个礼拜的重点则在纽约东郊长岛牡蛎湾（Oyster Bay）。距家不远，约四十英里，但因为要穿过长岛海峡（Long Island Sound）上的跨海大桥，又要挤进有“世界最长停车场”之称的“长岛高速公路”（Long Island Expressway），往返也不下三小时。不过，这里也有个好处——知者不多，游人特少。

高龄过世不久的蒋宋美龄原在长岛拥有一座园林豪宅，就在牡蛎湾附近的蝗虫谷（Locust Valley）。蝗虫谷与牡蛎湾，名字听来颇为乡野，却是豪门巨贾卧虎藏龙之地。美国的二十世纪二十年代是资本主义飞跃发展的上升期，私酒、钢铁、股票、石油等“大事业”造就了不少暴发户，培养了挥金如土的生活方式和奢华炫耀的摆阔品位，史称“镀金时代”（The Gilded Age）。

描写“镀金时代”最出名的一本书，即普林斯顿大学辍学生却又是二十世纪二十年代的头号大才子菲茨杰拉德（F.Scott Fitzgerald）所写的《了不起的盖茨比》（*The Great Gatsby*，一译《大亨小传》）。这部长篇小说把二十年代的长岛虚构成两个部分，一东一西，一贫一富。富的那一圈他取名“东蛋”，贫的那一圈则叫“西蛋”。据今人研究，“西蛋”即现在的大颈区和小颈区（Great Neck and Little Neck），如今也都发展成上流中产阶级的豪华住宅区了。“东蛋”至今仍然是上流社会顶尖层人物的聚落，树高林深，华屋巨厦藏匿其中，若隐若现，可能包括目前最风光的富豪度假胜地汉普顿斯

（Hamptons）一带，但蝗虫谷与牡蛎湾显然为其中心。另一种解释则较宽松，东蛋者，长岛也，西蛋则是纽约市政范围内的皇后区了。

不明白这些背景，参观牡蛎湾的长岛种植场（Long Island Planting Field Arboretum）等于瞎子摸象。

这个"种植场"，现已捐给纽约州公园管理部门，成为古迹保留地，并属纽约州立大学的一个实验教学园林，但在一九五五年以前，却是二十年代暴发的威廉·罗勃森·寇尔（William Robertson Coe，一八六九——九五五）家族的歌舞升平之地，其中包括占地四百零九英亩的私家园林和有六七十个房间的住宅。

"种植场"得名源远流长，应该追溯到白人"征服"以前的历史，为长岛原住民马田科克印第安族（Matine-cock Indians）从事农业开垦的处女地。新英格兰白人移民大约在一六五二年前后开始在这一带定居，建立了小型农业区。十九世纪末，一些大建筑商选定长岛北岸（North Shore）专为百万富翁建宅院，到二十世纪二十年代，北岸经过三四十年的开发，成为美国最高贵的地段之一。寇尔家族买下这片私产是在一九一三年。

这里还应介绍一下一般游客不了解的一些情节，否则的话，参观者不可能明白，为什么暴发户出身的寇尔，无论住宅内外的设计和装修，还是园林布置的方式，都表现了不同凡响的品位。

寇尔一八六九年生于英国，父亲原为铁工厂出纳员。十四岁随父移民美国，两年后在费城一家保险公司担任经纪和理算员。此君也许才智出众，二十四岁便升到海运保险理算部经理，后来爬到董事一级的地位，但他的财富主要靠他第二次婚姻。一九〇〇年，寇尔在横渡大西洋的轮船上认识了亨利·贺特斯顿·罗杰斯（Henry Huttleston Rogers）的女儿梅·罗杰斯（Mai Rogers），不久结婚。罗杰斯可不是等闲人物，标准石油公司的创办人之一，据说梅是他最钟爱的女儿。梅·罗杰斯聪明美丽，从小在马萨诸塞州皇宫式的家里被教养成二十年代上流社会的贵族淑女，法文流利，钢琴娴熟，文学艺术的修养深厚，“长岛种植场”里里外外，她的影响随处可见。

虽云“种植场”，首先该看的却不是植物，而是寇尔家族在其中生活过四十年的寇尔宫（Coe Hall）。我把Hall译成宫，不是笔误，这座家宅有六七十个房间不算稀奇，由于寇尔本人是英国穷人家的孩子，几乎与生俱来，他的白日梦必然是大英帝国当年风光一时的贵族宫殿城堡。寇尔宫因此是标准的伊丽莎白女王一世时代流行的都铎式大宅邸，前厅最显著的位置挂着伊丽莎白女王的绘像。梅·寇尔曾聘用多名艺术家和园林设计师为她布置。她的欧洲品位不限于丈夫的英国，客厅是法国路易十六式，后院有意大利式庭园。寇尔发迹时恰为第一次世界大战后，因此从凋零败落的战后劫余中搜集了不少欧洲古董和家具。餐厅里的主餐桌是十六世纪的橡木，水晶铜吊灯则是一七三四年的成品。寇氏夫妇曾雇用英国最知名的室内设计家查尔斯·杜维因（Charles J. Duveen），据说在二十年代就花了九十万美元。

“种植场”的园林范围约一百六十英亩，还有四十英亩大的草坪，山林部分约两百英亩，其中有几个特殊东西，是别的园林看不到的。

首先是巨树。位于寇尔宫北面的西草坪，有几棵参天古树。这些古树却不是土生土长的历史遗留物，试举其中一个例子说明。一九一五年，老罗杰斯过世，寇尔从岳父位于马萨诸塞州的费尔海文庄园（Fairhaven）人工搬运了两株欧洲紫叶山毛榉来此。趁该年冬眠期，用大型驳船载运，通过大西洋，运抵牡蛎湾港口。寇尔的律师与电力公司交涉，达成补偿协定后，这两株巨木才可能安全送达两英里外的山上。从港口到园内，电力公司必须把沿途的电缆电线等设施全部拆除改道。

这两株紫叶山毛榉一九一五年便各重二十八英吨，今只存活一株，主干约十人合抱，树冠可将我家全部院落笼罩。

其次是山茶温室。此间冬寒，山茶难活，寇氏夫妇又特爱山茶，一九一七年从英国格恩西岛（Isle of Guernsey）购买了一百个品种共三百株山茶，特建温室培养，于今成为美国东部最大的山茶花培养站，老株高至屋顶，每年初冬开花，蓓蕾多者近千。

每年五月，从月初到月底，“种植场”有个美不胜收的杜鹃秀。这里收集的各类杜鹃属（*Rhododendron*，杜鹃花科的*Azalea*也属这一家族）植物超过一千个不同的原生种和改良配种。

此外还有占地五英亩的对观园（Synoptic Garden），其设计是按树木的拉丁学名字母顺序栽种，凡适合此地风土者，皆在搜集之列。

除以上介绍的特殊风物，一般东部园林应有的草木花卉也相当齐全，所以，春天赏杜鹃初冬看茶花之外，园林可游览赏玩的景点不少，足可消磨竟日。

我们兄妹三人这次赶上了园中工作人员的剪草场面，空气中满溢草叶的清香。他们的剪草器材也特别庞大。仔细一想，要是拿我们的家用剪草机应付，四十英亩的草坪，一星期得剪草一次，恐怕要七天全部投入才能干完。

二十年代的暴发户就是一个“大”字。此所以菲茨杰拉德必以“大”名其英雄人物，而“种植场”从房屋到花园到草地，也势必无物不求其“大”了。

多花金钟

一九七八年从非洲回纽约，托运了五种肯尼亚兰花，于今硕果仅存的一株，学名叫*Polystachya bella*。去年（对，是去年了）十二月还开了花，花梗五枝，每枝着花九至十七朵，摆在桌上，虽窗外无雪，但对枯林寒天，意绪牵惹，在所难免。

这盆花，在我手中好歹也过了不止二十寒暑，其中经历，不乏物换星移、冷暖沧桑，居然还维持它的生命力，不能不肃然起敬了。尤其，当年采集到它，那幅图画，更是历久弥新。

我给它取名“多花金钟”，根据的是字源。

属名*Polystachya*，拆开来看，poly即希腊文“多”的意思；stachya的意思是花穗，或作穗状花序。两者合一，这个兰属的命名即根据这种植物一梗多花而花序成穗状的习性。在兰花王国里，多花兰属并非小族，分布在中南美洲、澳大利亚、新几内亚、印尼、菲律宾和马达加斯加等地，非洲则撒哈拉沙漠以南多有分布，但个别种的分布往往局限于小范围。像我手中的这株，除肯尼亚西部克里乔（Kericho）一带，别处均无记载。

种名bella应指花形。花初开色淡黄，日久益深，萎谢之前呈金黄。由于唇瓣异于常态，从两片成对的侧生花萼中突出（园艺学上叫作non-resupinated，非翻转的），而萼片顶部相连，加上伸出的蕊柱，因此整体形状如倒挂金钟。盛开时，假球茎顶端叶片中向上伸出的花梗上，便像挂满了半英寸大小麦穗一般的一串串黄金小铃铛。

多花金钟为着生兰类（epiphytes），一般生长在大树枝干分枝处。这个地方，有点像鸟筑巢，上有树冠遮风避雨，正午灼热的阳光不到，又方便收集过滤光、零星雨露以及腐叶鸟粪虫尸，实在是个理想的安家落户之处，何况，因为树上没有土地，与之生存竞争的其他植物便大都淘汰了。这个生境，有人赞为兰科植物演化过程中的“天才”选择，我倒并不十分心服，因为地生兰类（terrestrial）如中国人偏爱的蕙兰（温带*cymbidi-*

多花金钟

ums)，多生长在疏林斜坡的向阳背阳地带，一样享有优势，尤其因为发展了独特的香味，加上种子体轻量多，随风飘荡，总能在树林与草原衔接处找到大片生存空间。

不过，由于着生兰类的生境似在空中，与人类头脑中植物与土地相连的观念相迴异，往往激发想象，产生了许多故事。

最美丽的传说是新西兰毛利族人（Maoris）口耳相传的一则寓言。

宇宙混沌初开，唯一看得见的是最高最高的雪山，时间慢慢推移，太阳融解了部分雪峰，化为悬崖绝壁奔泻而下的万丈飞瀑。时间慢慢推移，瀑布化为河川溪流，流过了山谷、平原，汇入大海。海水因为太阳的热力而蒸发成云雾，云雾遮蔽了太阳的视线。有一天，太阳不高兴了，因为他看不见大地，于是下决心把云雾击碎，天空因此出现虹霓。

虹霓出现后，绚丽的色彩吸引了无数神祇和精灵，他们从天空每一个角落钻出来，爬到虹桥上俯瞰大地，这景象实在太美妙了，禁不住齐声欢唱，歌声远扬吸引了更多精灵神祇，全部跑上了虹桥，虹桥终于不胜重负，垮了，粉碎成无数细小闪亮的彩色钻石向地面坠落。大地原来只是褐黄、青绿、深蓝三种呆板的色块，植物还不会开花，海洋则镇日翻腾。虹霓粉碎后，大地每个角落都欢呼迎接彩色缤纷的钻石。当片片彩虹飘降时，大树张开了枝丫，落在那里的彩钻，从此着生，化成了兰花。

我的多花金钟的确像一串串天外飞来的彩虹。当年采集它，那经验也像天外飞来。

那一天，老孙、老李和我，三家人六大六小一道出游。我领路，目的地是肯尼亚西部克里乔附近的茶叶招待所（Tea Hotel）。之所以译作茶叶招待所而不叫它茶旅馆或茶酒店，是因为后来开始对外营业的这家非观光性质的旅馆，从二十世纪初便是个专门招待欧洲茶商的客栈。英国人殖民肯尼亚，到十九世纪九十年代，发现西部平原地区的地形、土壤和气候条件很适合茶树生长，遂开辟了大片农场种茶。那天也是事有凑巧，领路的我糊里糊涂迷了路，虽迷路，却未惊慌，反而流连窗外不同寻常的景观。旅居肯尼亚的外国人，活动范围大抵不出大城市区和观光胜地，穷乡僻壤难得一见。而出现在我眼前的，正是这样一个看来与世无争的小农村。

村子入口处，有一棵参天大树，只记得是株阔叶乔木，身份不明，树的形状与姿态十分精彩，盘根错节扒在一条小溪溪岸上，主干大概有三人合抱粗细，但树身不高，站在车顶上便可以爬上去。分枝主要是横向发展，因此覆盖面积相当惊人，三部汽车都停在树荫里，还可以沿溪岸草地铺上毯子，布置野餐。

事发时，六个大人都在树荫下工作，老李在分卤蛋、鸡翅膀，老孙忙着分饮料，我坐在草地上看地图找路。一个孩子忽然从大树上跳下来，冲到我面前，手中捧着一堆植物。

“刘叔叔，这是什么?”

那是一九七七年十一二月，我们三家人早就成为肯尼亚兰协的会员，每次出门必顺便寻找土生兰几乎成了习惯，所以当小孩问我“这是什么?”的时候，他的意思就是“这是什么兰花?”

我一看自然喜出望外，因为此行目的之一就是要找*Polystachya bella*。十一二月是它的开花期，比较容易发现，也比较容易鉴定。但我们心目中总认为要先在旅馆安顿好，第二天再往深山野地去寻，料不到竟就在卢奥族人（Luo）聚居也许有几百年历史的村落附近，这么容易就发现了它的踪迹。而且，那棵百年老树上，各处枝丫间，粗略估计，成堆成堆的假球茎，可能上千。

于是，顾不得野餐，大人小孩都上了树，有的拿照相机，有的拿米打尺、笔记本。下个月的兰协联欢会，中国人可有一份材料充实的实地踏勘报告！

就在我们忙得不可开交的当儿，回首下望，从村子里面沿小路到溪水两岸，只见一片黑压压的人群，男女老幼，摩肩接踵，可能一村子的人倾巢而出。我想，他们要看的肯定不是几百年来习而不见的多花金钟，大树上六大六小黄皮肤黑头发的中国人才是今古奇观。

我记得，肯尼亚兰协创始人之一的皮尔斯医生曾经说过：“兰花之所以吸引我们，是因为它是那种美得出奇的高贵生物，而且，绝对毫无用处，而人生最珍贵的东西，往往都是毫无用处的。”

人生旅途匆匆，却总有几个图像不时闪现，虽然当时浑然不觉，似乎了无深意。面前这钵多花金钟，唤起的正是这个，仿佛印证了皮尔斯医生的话。只不知大树上的十二个中国人，在茶村的卢奥族人中，究竟唤起了些什么。说不定，像毛利族的寓言一样，一个新的故事，正在流传……

因缘大索

想不到多年前的一次惊喜竟连上了多年后的一次意外，如果因缘可以这么推算的话。总之，故事还是可以说一说。

前两个星期，我家老大给我发了一封电子邮件，说他找遍全世界的网址，结果却发现他要找的“宝贝”就在自己的“后院”。

多年前，有一次开车经过肯尼亚大山山脚下的公路，孩子们都吵着说不能再忍了，而我们预定的目的地至少还有两小时车程，只得找个路边还算宽敞的地方，放他们下去方便。停车的地点恰好在公路跨过一条小溪的水泥桥桥头，孩子们很自然就沿着桥旁的斜坡往小溪连爬带滚摸去，我倚着车抽烟休息。忽听下面一阵惊呼：

“有蛇！”

当时的我，身手相当矫捷，三五个大步纵跃便赶到了他们身旁。孩子们躺在溪岸岩石后面，手指着七八步以外的树影斑驳中一长条弯弯曲曲绿油油的怪物。我捡起一块石头扔过去，那蛇也有两三公尺，却一动不动，我又扔了一块石头，还是没有动静。

“死的？”

我知道东非洲也有像国内竹叶青一类的蛇，奇毒无比，不敢大意，遂折了一段树枝，权充武器。走近了，看真切了，才知道那条“蛇”原来是棵植物。植物长成这样，算是开了眼界。回家后翻查参考书，更吃一惊，竟是早已知名却从未见过实物的香草兰（*Vanilla planifolia*）。

香草兰原始生境在中美洲、西印度群岛和墨西哥。早在十三世纪，墨西哥中部的阿兹特克族（Aztec）便懂得用香草兰果实作为巧克力饮料的调味品。十六世纪初，输入欧洲，用在香水里，后来又发展成冰淇淋、蛋糕和饼干甜点里用的香精。一直到今天，香草精仍然是香水的主要原料之一，只不过现代已用人工合成品代替。但在十九世纪以前，随着西方殖民帝国的扩张，香草兰成为经济作物，中、南美洲、非洲、印度洋中的塞舌尔群岛和马达加斯加，发展了不少专门栽培的种植园。我们发现的那一棵，大概是这类种植园的遗留物，或者是自然播种，也未可知。总之，把它从草丛、树叶里拖出来，足足有四五公尺长。躺在地上的那一段完全光溜溜的，爬到树枝中接近树冠的那一段却有叶片。但非开花季节，所以我至今还是不知道它的花究竟什么样子。

那天的惊喜还不止此。

首先，那条小溪便精彩无比。因为溪流刚奔下山，地势陡峻，落差大，百万年的川流把溪岸和溪中的巨大岩块凿成了奇险古怪的结构。溪水澄澈见底，水底铺垫厚厚一层圆石，大都婴儿手掌般大小，颜色一律青黑。

画龙点睛处却在水面上横斜的枝丫底部，生长着一种娇小玲珑的兰科植物*Aerangis rhodosticta*。这种兰自然没有中文译名，后来遍查群书不得，只好依拉丁字源勉强造了个名字，叫红心兰。所有兰科植物的花，一定由三个花瓣（petal）与三个萼片（sepal）组成，但有许多变化，有时三个花瓣合成一瓣，三个萼片合成了生殖器官的辅助部分。之所以取名红心兰，因为它最底下的萼片与生殖器官结合，变成了一粒朱红，其余两个萼片则长得跟花瓣相仿，因此看起来像雪白的梅花一样五瓣均

香草兰

匀，中间捧着鲜艳欲滴的花蕊。红心兰选择的生境极为独特，树枝底部可以避免强光曝晒，溪水的蒸发则提供了必要的湿气，因此在大半年干旱无雨的肯尼亚，能够长盛不衰。

离开肯尼亚二十多年，我只在一次大规模兰展中看过一次。展出者显然了解它的习性，五棵一道种在一大片长着青苔的树皮上，十余枝花梗各着花七至九朵，远望像一群翩翩起舞的粉蛾，仿佛各衔着一粒相思豆。老大电子邮件中所谓的“宝贝”就是它。他居然在邻州宾夕法尼亚一家专营野生兰的兰园网站上找到了睽违二十多年的红心兰。上礼拜天，天阴无雨，有秋凉而无寒意，适合长途开车远游。我们父子加上两位兰友，四人一狗，按照网络下载的地图，开了四个小时，终于找到了目的地（中间迷路一个半小时）。老大和他的爱犬黛西，首先走进兰园接待室，又火速退出，原来兰园养了三只猛犬，黛西夹着尾巴往外逃。

兰园一共有五座玻璃暖房。其中三座仍照一般商业兰园的规矩，大量培植绚丽耀眼的杂交种蝴蝶兰、加德利亚兰、石斛、喜姆比地等供应婚丧宴会、生日派对一类社交消费用的切花市场，因此我们只是稍事浏览，没有久留。另外两座暖房里却是兰迷们的寻宝地，不但找到了红心兰，还有不少曾经在东非原始生境见过的野生种，甚至发现了原生在马达加斯加的伯利恒之星（Star of Bethlehem，学名 *Angraecum sesquipedale*）。这种身材巨大的兰科植物，一般商业兰园根本不收，原因很简单，既占空间，普通顾客也没有兴趣。但同去的四人都兴奋不已，因为我们早就读到一个传说。达尔文勘查马达加斯加岛时发现这种兰花的花距（spur）在一英尺以上，他当时预言有一种夜间活动的蛾，唇器也在一英尺以上，才能采到花距底部的花蜜，从而完成传粉任务。这个预言一度在英国学界传为笑谈。达尔文死后，终于发现了这种口器巨大无比的飞蛾。

兰园由三位合伙人经营，一位管营运，一位管技术，还有一位经常世界各地跑，负责交换品种并深入兰花原始生境采集。管技术的那一位特别健谈，对两座兰房内的奇花异种如数家珍。他说的故事又非常好玩，等到我选好花付完账，天色已近黄昏。老大忽然从门外冲进来说："不好了，黛西不见了！"

现在来交代一下黛西。

黛西是老大跟他女友的定情之物。三年前，两人刚开始谈恋爱，有天走过普林斯顿小城的一家宠物店，他的女友看到玻璃橱窗里的黛西，立刻一见钟情。一个礼拜后，老大抱着黛西走进女友家，送了这份生日礼物。

黛西是英国种的小猎犬，叫作beagle。Beagle是一种拾猎（retriever），短腿，大耳垂悬，嗅觉特别灵敏，但智商不高。训练有素的拾猎善于将猎获的野兔衔回来交给猎人。刚买来的黛西还不到一岁，没有受过任何训练，闺中密友时代的黛西也始终没机会接受正规训练。两人闹翻以后，黛西给送了回来，老大整天忙他的生意，所以四岁的黛西，至今不过是只毫无求生能力的宠物。尤其近两三年，黛西跟老大每天形影不离，上床睡觉带着它，上班时把它带进工厂，变成了工厂员工的共同宠物。

了解这个背景才能明白黛西失踪以后我这个“没出息”的儿子为什么如此失魂落魄。薄暮时分，我们四个人丢下一切，分头到附近的住家、野地去找。四个中国大男人，在宾夕法尼亚州一个相当荒凉的白人社区里，近似绝望地不断呼唤着一条狗的名字，这景观可能相当引人注目。

但美国人确实是爱狗成癖，听说了这件事的原委，竟有人自愿开车到处去找。公路警察也把它当作重要公务，不但详细记录黛西的所有特征，而且主动通知辖区内其他巡逻值勤的同僚注意。这小小的意外几乎惊醒了整个社区。然而，事情并不好办。兰园往东大约不到一千公尺，就是德拉瓦河，沿河向北是条公路，向南则是大片原始林，据兰园主人介绍，树林绵延不下数十英里。深秋季节，树叶堆满林床，林床底下藏着各种各样的小动物，嗅觉灵敏的黛西，如果走的是这个方向，极可能进入它生命中最兴奋的时刻，因为每隔三五步便可以闻到直接刺激本能的气味，一路这样兴奋刺探下去，不知伊于胡底。老大在森林里绝望地追找了一个小时，天色已经全黑，只得折返。

还能做什么呢?

他用手机打通了远在几十英里外的州警公路巡逻单位，报了案。兰园主人也为此深感抱歉，答应第二天印些“寻犬海报”，到处去张贴。老大说他回家立刻把黛西的照片发过来，好印在海报上。

料不到原本十分美好的一天，竟因一时不慎，变成了如此难堪的局面。我们在兰园看花时，老大怕黛西受三条猛犬威胁，牵它出来，系在停车场旁的栏杆上。也许是我们在暖房里盘桓太久（超过两个小时），也许是附近树林里的气味，黛西竟把链条咬断了。晚上十一点，给手机唤醒，传来一个陌生男子的声音。

“我从狗牌上看到你的电话号码……”他说，“担心躺久了也许被浣熊吃掉……”

这几天，老大晚上天天有噩梦，梦境基本相同：黛西就成为我们中国人所谓的丧家之犬，在车辆川流不息的公路边上没命地狂奔。“我死命叫它，它就是不听。”老大说。

然而，我担心的好像不是这个。

如果相隔二十多年的惊喜与意外竟然因果相连，那么，控制这条因缘大索的无形手，究竟在哪里?

或者，还是懒惰一点，又是一个偶然加必然的美感题材?

湖南素心

今年，我养的素心兰终于开花了，不过开花季节比正常节令晚，夏天出花芽，入秋花瓣才全部展开，香味固然毫不逊色，可是，秋天看素心兰，却有点特别的滋味，仿佛错过一班火车，担心约好的朋友也许不见就散了。素心兰花香清醇，花色淡雅，兰叶刚柔相济，软硬适中，原应与炎炎夏日搭配的。

我养素心兰前后十几年，第一次成功自然还是欣喜，尤其这一盆，无意中得之，又是老耿不远千里亲自带回来的，开花时便不能不想到老耿。没错，从上次老耿赠兰见面算起，又快三年了，他如今究竟走在人生的哪条道路上，我也不甚了然。

三年前，老耿从湖南回来，给我打了个电话。

“听说你什么活动都不参加，做起隐士来了！”虽然没有明说，语气的责备和嘲讽意味是明显的。我当时没有辩解，虽然是多年老友，保钓时又并肩战斗过，但这些年来，彼此有了不同选择，渐渐走远了。老耿素以骡子脾气著称，无论干什么事，无论有多少挫折，无论对错，他一定干到底。三年前那次相会，主要还是为了他的图书馆。老耿是从前所谓的流亡学生，十五六岁时跟国民党军队撤退到台湾，靠做家教、送报纸读完大学，又靠采水果、端盘子念完博士学位。可是，人有时很奇怪，一头栽在一条路上，往往勇往直前，等到了路的尽头，却又觉得这不该是自己应走的路。老耿就是在他一切似乎苦尽甘来的时刻幡然悔悟，把十年寒窗钻研的专业毫不留恋地抛了，又一头栽进这个毫无“前途”的学生运动里，任劳任怨，大小杂事全都干得兴致勃勃。

我的素心兰事业大概是保钓运动退潮后开始的。一九七五年，在唐人街书店，发现一本怪书，董新堂编著的《蕙兰专集》，看样子是作者自费出版，因为出版者吕凝芬在《出版感言》里提到夫妻两人痴迷养兰和外子苦搜材料写书的经验，却从头到尾找不到出版社的名称和地址。这本书的材料来自中国大陆和台湾，以及日本和美国的古籍和现代专业书刊，内容芜杂，但有一个特色，它专谈兰科植物里的喜姆比地兰类，并几乎以百分之九十的篇幅介绍喜姆比地兰的温带种，即植株较小但每有异香的东方兰草，也就是中国人俗称的国兰。董著收集了上百张彩色图片，并分门别类介绍了上千个国兰品种，这是我对孔夫子所谓“兰有王者香”的处女认知，完全是纸上谈兵。

那一年，又有一次奇遇。

偶然在图书馆翻看美国兰花协会的月刊，居然在刊尾看到台湾商业大兰园白云山庄的广告，原来他们雄心万丈，企图为中国人视为珍宝的国兰打开美国市场，在新泽西州中部辟建六座玻璃暖房。我开车去的时候，这个推广国粹的计划显然濒临破产，五座暖房改种圣诞红，滞销的国兰全部塞在一起，死活随之。我带回来的十几盆中，有一盆观音素心，叶碧绿而有光泽，垂姿优美，可惜还没等到开花我就搬家到非洲去了。寄放在亲友处的这些故国神物，等到我三年倦游归来，早已尸骨无存。

保钓退潮后，与老耿失去联络多年，因为彼此之间的友谊韧带只有一条，保钓一断，我们的来往也就断了，只听说他又回本行混饭吃。直到七八年前老耿退休，才恢复来往。这一次，还是他主动。他给一批老战友打电话，把大家找到一块儿，讨论他的图书馆。老耿的老家在长沙，每次探亲回来，总是各处联络，鼓励大家回去做点事情，然而这些年来，我们都或多或少有过去大陆探亲旅游的经验，老耿因此老碰软钉子。然而，图书馆这个构想，谁也拒绝不了。老耿跟当地的干部谈好条件，对方出地方，他到美国捐钱捐书。谁家里没有既不想要又舍不得丢的书？书的来源不是问题。经费问题也不大，老耿已经把他的退休金全部投入，我们又怎能说不。只有人事管理方面是个不大不小的问题。全交给当地人办，保险不到一年便成为官僚机构，而大家坚持的一个理想是“开架式图书馆”，官僚图书馆不可能开架服务。老耿卷起衣袖说：“我回去坐镇！”这个问题就这么解决了。

一九八三年，台湾网开一面，让我回台探亲。离台返美前的周末，同家人一道逛建国花市，买到一盆十三太保。所谓十三太保，是素心兰名种，叶直而长，略垂，叶面有光泽，与福建高州所产的素心兰类似，据说在日本曾以之上贡天皇，一梗开十三朵，故赐名。偷运这盆素心兰煞费苦心。美国农业部禁止从国外带回任何植物，除非事先申请进口证书。这里有个两难。如合法进口，入关时按规定必须送交检疫，那个机关我也打过

素心兰

交道，所有“移民”植物，一律喷洒杀虫剂和除害（真菌）药，用量之猛，鲜有幸存。

如偷运进关，不幸逮获，除没收销毁外，还要罚巨款。

我将十三太保从盆里挖出来，抛弃所有植材（树皮碎块），全株泡水约一小时，让它饱吸水分，然后用旧报纸包扎，收在长筒棉袜内，再套上一件脏衬衫，藏于皮箱夹层中托运。那些年，纽约机场抓毒犯不像现在这么雷厉风行。过关打开行李搜索之前，先有一批警员手牵训练有素的狗逐箱嗅闻追踪。十三太保侥幸逃过一劫。

然而，十三太保也没活过两个冬天。我想我犯的第一个错误是采用了台湾专业养兰者惯用的植材（树皮、蛇木屑或水苔），这些植材本身不带营养，靠人工化肥培植。人工化肥的掌握不易，太淡则无效，太浓则坏根。其次，纽约气候条件与台湾天差地别，冬天必须移入室内。可是冬天室内暖气虽能提供适当温度，但空气中的水分却大部分蒸发，蕙兰原生环境要求百分之八十以上的湿度，很难复制。此外，兰科植物要求日夜之间有十华氏度左右的温差，冬天纽约的室内环境，白天气温低而晚上大开暖气，与兰花所需背道而驰。

十三太保送命前，曾翻盆检查，发现原来雪白丰满的兰根全已溃烂，地下茎变黑，贮藏营养的假球茎全都瘪瘪的，了无生气。

老耿的图书馆命运较好，但也没挨过五年。他在纽约还有家，不能完全丢下不管，每年总得回来一两次，尤其是圣诞节前后，长大成人的儿女按美国习惯回家团聚。开架图书馆的营运，随着改革开放大潮，日益困难，旧道德逐渐崩溃，新伦理尚未建立，老耿图书馆图书遗失的速度和数量，越来越超过美国这批热心爱国人士所能补充挽救的程度，致命的一击还是老耿自己说出来的："我到街上去，到处书摊上都卖我的书，有的甚至连图书馆的编号都没撕掉。我跟公安吵，他们说，那么多大案子都办不了，哪有时间管……"

老耿送的湖南素心倒是开花了，一茎九朵，花色素净，绿中带黄，晨昏时刻的确香远益清。据董新堂先生之说，那是因为国兰的香气与西洋兰不同，它们有香粒子，像一颗颗小炸弹一样，特别在清晨和向晚，一波波喷射出来，在空气中炸开，放出香气。这次所以成功，我想主要还是对植物原始生命的要求付出了应有的尊重。我知道中国人传统养兰用鸡鸭粪与田土揉拌成球，依大小次序叠入盆中（下大上小有利排水）。纽约当然很难找鸡鸭粪和田土，但细究其理，无非是要有天然有机肥又有保水排水功能，所以我选择壤土、沙、泥炭腐殖土和人造珍珠岩粒（perlite）四等份配成植材，由春到秋移室外阴凉通风处，冬天则置于南窗前，每天清晨喷雾，钵底设卵石清水盆供湿，未三年，根壮叶鲜，花芽挺立。

这两天，听说老耿又有新动议了。

望着秋阳抚慰下的湖南素心，我想，不管他这次又有个什么馊主意，总归还是要支持一下的。

鸢尾

十几年前，曾到马里兰州一位老同学家做客。老同学是学物理的，话题自然有限，但他的老伴却是个环境生态方面的专家，经常往西藏跑，利用美国的各种基金，在那边推动环保工作。她在面积不算小的后园里，种了一大片鸢尾，那时已是秋天，虽然看不到花，阳光下，一群青青剑叶，实在可爱，忍不住向女主人要了种子。

我幻想，如于后山林外的边缘地带撒种，隔年便应有离离青剑成丛，怒生于绿茵草坪与老干乔木之间，配置于玉簪、芍药与杜鹃附近，自必有奇趣。

这个幻想，不久自然落空。原因也很简单，当时，我对鸢尾毫无认识，根本没问清楚，这批鸢尾，究竟是喜马拉雅山的原生品种，还是目前庭院里流行的鸢尾现代杂交种。前者的种子，也许有发芽的可能，但何时播种，播种于何处，土壤、光照与气候方面有什么基本要求，我都不甚了了。如果属于后者，许多改良品种，纵不改开花结子习性，所结种子并不一定能够繁衍后代。

所以，我的鸢尾经验，一出手便全军覆没。

于是，羞愧之余，重新披挂上阵。

第二次出发，改变了一点路线。第一，为求速效，放弃了从播种开始的持久战，改种成品。第二，问道于老圃，从别人的经验里取经。

有几个月时间，每逢周末假日，便开车到方圆八十英里范围内的苗圃农场去参观学习，在花色繁多、品种殊异的鸢尾大千世界里，逐渐归纳总结，最后选定一个品种，叫 *Siberian iris* “Caesar’s Brother”（西伯利亚鸢尾“恺撒兄弟”），花色深蓝近紫，花瓣几近丝绒，剑叶不宽不窄，高度适中，总之，从那时候我的知识修养与审美程度判断，这是不二之选了。此外，这个品种的花期在春季的中间部分，杜鹃将谢未谢，芍药有苞无花，配上旁边的玉簪阔幅叶片，没有任何理由不完美了。

据老圃介绍，恺撒兄弟是二十世纪三十年代的名种之一，而且是当年蓝色系列鸢尾花中的翘楚。一九三〇年，英国皇家植物园培养教育出来的伊莎贝拉·普雷斯顿（Isabella Preston），任职于加拿大渥太华自治领实验站，育种配出了第一个蓝鸢尾“Catineau”。其后不久，加拿大蒙特利尔的摩根（F.Cleveland Morgan），育出恺撒和恺撒兄弟，杂交亲本用的是 *Siberian iris* “Nigrescens”和 *Iris sanguinea* “Blue King”。由于这一成就，美国鸢尾协会（American Iris Society）所授予的最高奖 Morgan-Wood Medal，其中的Morgan，即为了纪念这位优秀的蓝鸢尾创造者。

流血花钱流汗整地之后，将二十盆恺撒兄弟按照海潮的波状曲线分种在原先撒种而纹风不动的地点。第一年，清晨向晚时分，端一杯龙井坐在阳台上观望，恺撒兄弟们迎风摇曳，种花人不免沾沾自喜。假以时日，每一株自然繁衍成片，三五年之后，岂不构成一幅蓝色海浪翻滚图？

第二年，情况便不太妙。二十株只剩十二株，每一株本来各有四五束，而今只剩一、二、三束不等，且有的有花，但花更瘦弱，有的甚至无花。猛施肥猛培土之后，又苟延残喘两年，全部壮烈成仁。

就在这一段全凭经验主义办事的败战期间，有一天在附近一条小溪周边散步，突然发现沼泽地里有不少黄花，就开在鸢尾似的一种植物的叶片顶端。回家查本地植物图鉴，却遍寻无踪。请教邻居，才知此物就是鸢尾，不过是欧洲种，叫作黄旗（*Iris pseudacorus* “Yellow Flag”）。黄旗的原生境并不限于欧洲，俄罗斯的亚洲部分、小亚细亚、叙利亚和北非都有分布，但美国的黄旗是十九世纪从欧洲引进的，现在已经跟野生植物没有分别，这个过程园艺界称之为自然化（naturalization，似可译为本土化），非生性强悍者莫为。黄旗的确生性强悍，株体高大，叶长可高达一百公分，叶宽三公分，最喜沼泽湿地，强悍到可以与芦苇拼天下抢地盘，即便移植干地，一样欣欣向荣。我顺手挖了几块根状茎，随便往园中潮湿处一埋，从未加意培护，至今愈演愈烈。

恺撒之衰、黄旗之盛让我痛获教训，植物之理也同孙中山先生有关世界潮流的名言一样，顺我者昌，逆我者亡。我于是开始找书看。

原来鸢尾主要是温带地区的生物，它的英文名字还有个美丽的传说。伊丽丝（Iris）原为希腊神话中婚姻女神朱诺（Juno）的信差，她带着喜讯从天上到人间，走过虹桥，把彩虹的色彩一步步栽种在地上。上古时期的埃及法老王庭园里已开始种植鸢尾（据考证是 *Iris susiana*）。基督诞生两千年前，米诺斯青铜器时代（Minoan

Period，3000–1100 B.C.），地中海的克里特岛便有人工栽培鸢尾的痕迹。然而人类早期种植鸢尾，好像不专为观赏，主要为了健康。据传鸢尾可治蛇毒、肠胃疼痛和咳嗽，直到今天，还有人在婴儿长牙齿痛苦哭闹时，塞一段风干的鸢尾根茎到嘴里止痛。

前文谈到的恺撒与黄旗都属于分类学上的鸢尾科（*iridiaceae*）。这一科是个大家族，我们熟知的剑兰（或称唐菖蒲，*Gladiolus*）、番红花（一称藏红花，温带最早冒芽开花的球茎植物，*Crocus*），都是其中的成员。但真正叫鸢尾的也不少，这一科里就有两百多个种，加上园艺界近两百年的育种交配，品种已成千上万。不过，真正实用于家庭园艺的，以下面几个组合为主：高种有须鸢尾和矮种有须鸢尾、无须鸢尾、西伯利亚鸢尾和日本鸢尾。

必须说明一下，所谓有须无须，指鸢尾花垂瓣上异彩部分生长的茸毛。鸢尾的花主要有六个部分：三个直立瓣（一称旗瓣）和三个垂瓣。垂瓣为外围平出或微向下弯的花瓣，三个旗瓣则直立向上，中间包裹生殖器官——柱头和花药。西伯利亚鸢尾这个名称有点误导，因为原始生境不在西伯利亚，却分布在欧洲、中国西南部和日本。另一个生长于西伯利亚、中国和日本的种 *Iris sanguinea*，名称上反而看不出来，但在商业园艺界，今天都已归入西伯利亚鸢尾一组。这两个种有点特别，因为都只有二十八条染色体，容易相互交配。鸢尾世界目前的大热门就是红色系列花的追求，有人利用染色体数目相同的亲本试验，也有人试图从二十八条染色体和四十条染色体的不同品种杂交上找出路。

日本鸢尾多指*Iris ensata*（其中包括*Iris kaempferi*）。开花期多在夏季，花形大而色彩变化多端，有的品种一花多色，性喜温湿，故日本人多用之于庭园水池内或池边山石旁。

这些年来，我园中的鸢尾始终到不了梦想的境界，树多阳光少又缺水池，除了黄旗，其他多萎靡不振。

老同学家后来没再去过，只听说离了婚，男方从再婚中找到新生命，女方可能待西藏的时间更长了。只不知她后院那一片青剑，是否无恙？

异乡寻花

异乡客居不免寻些故国花木解愁，这是人之常情，我也未能免俗。多年下来，我的庭园渐成为东西文化交流的杂荟，园景虽不入流，却颇收治怀乡病功效。

我的居处，以纬度言，相当于沈阳与哈尔滨之间，但因洋流影响，气温变化接近天津、青岛，美国农业部划为第六区（Zone 6），因此，适应种植的花木，还不算少。经过长期的观察和实验，我终于明白，要完全复制中国式的园林布置，不仅徒劳无功，而且，与周遭风物搭配，极难协调。

这也是纽约大都会博物馆仿造苏州网师园的明轩，决定建之于室内的缘故。

我手创的园林，终于必须屈就，只得因地制宜，在符合现实的条件下，开疆拓土，移花接木。

此园先天不足，地狭坡斜而土多山石，且整体形状过于方正，流动线的设计，煞费周章。为了破除单调格局，遂决定以各色日本枫配以高低品类不同的温带杜鹃属灌木丛为主线，随地形起伏，视情况变化，截长补短，宽窄相济，施展成弯曲环绕的波浪植被，见邻居花木扶疏，则故留空隙以借景，若唐突碍目，则密植以求遮掩。如此，筚路蓝缕，汗流浃背，未十年，竟体制初备，隐约成形。

然而，乡愁依旧作祟。

于是，不畏艰险，实之以梅兰竹菊。

台湾有首流行的咏梅歌曲，有句云："越冷它越开花。"基本上是不谙物理的胡说八道。梅花属樱桃科，学名*Prunus mume*，原生地在中国秦岭以南。此间冬季低温可以到零下十摄氏度，露地种梅，不仅开不了花，连命都保不住。有一年，到加州旅游，见一日本人开的花圃内有梅花苗出售，带了几株回家。可是，树苗粗细大小与筷子相若，原意大概供盆栽爱好者使用，我只是一脑子幻想"暗香浮动月黄昏"，一年后便夭折大半，只有一株日本红梅，恰好选植在避风向阳处，意外活了十几年，开过两次花，终于还是没熬过七八年前那场大风雪。

陶渊明的最爱，美国人俗称mums，大概取chrysanthemum的字尾。一般所谓hardy mums毫无中国味，色香花形均无可取。真正的菊，他们叫fancy mums。纽约布朗克斯植物园有一任园主曾经担任过东京联合国大学校长，也许耳濡目染，重金礼聘日本花匠搞过几次大规模的菊展，流风所及，长岛的大花圃居然也有同类菊苗出售，我因此也试过。只是这种名菊的培养工夫过细，生长期间，从浇水、施肥、光照、风雨各方面仔细呵护不说，要开花效果好，必须经常整枝剔芽，略有疏忽便前功尽弃。有时难免要出差旅行，两三个礼拜回来，已无从收拾。

自命风雅当然不可居无竹。我的治竹成绩还算不恶。竹之为物，从植物学的观点看，与草几乎同类，照理不该有什么困难，但在我们这里，还得有点基本常识。第一，虽贱如草，还是有气候限制，中国南方的竹种，只能当室内盆花供养，终究纤细孱弱，似竹而无竹意。第二，竹根的生长习性有两大类：一类固守原地，积年愈粗，台湾的笋农经常在竹根处培土以求笋益壮大，养的便是这一类。这里能找到的竹，原产地在日本，竹根侵略性极强，在地面下见缝就插，四处延伸。我的竹子为同事前辈李惠老所赠，他在二十世纪五十年代种下一株，到七十年代中期我去他家取竹根繁殖时，竹子已完全失控，从后院蔓生到前院。有此前鉴，种竹时特别选了一个两面有防水墙阻挡的地点，即便如此，每年初春，还得采取断然措施，空档处钻逃出来的新竹，必须连根斩除。目前，六平方米大小的空间里，摇曳生姿，有网球拍柄粗细的青竹二十余竿，风雨阴晴，皆有可观。

养竹之道，除铁腕严控外，七八尺以下的枝叶应悉数清除，否则碍眼。施肥方法无须讲究，每年洒草肥三四次，便能扶摇直上。

兰花我是下过一些功夫的，以后有机会再专文铺陈。留下的篇幅，谈一谈牡丹。

二十世纪八十年代中，自觉有些苍老，遂萌发“一枝红艳露凝香”的邪念。

牡丹在美国，也许因为身价高，又需要长年培养，始终红不起来。

最早买到的参考书，是一九八〇年北京黄土岗中匈友好人民公社编印的《北京黄土岗花卉栽培》，里面有一节专谈牡丹。但这本书的内容地方局限性很大，黄土岗虽自古以来就以生产花卉著称，他们的牡丹每年都从山东菏泽购运，所做的只是促成栽培，供以前王公贵族和今天的高干豪门欣赏。一般是运来后经过浸水处理，再假植于温室，冬至前后加温移入牡丹池，春节前增温至三十摄氏度，花蕾含苞欲放，才挖出上盆（当地称“牡丹筒”）。所以，这样成品的牡丹，完全是讨吉利的玩意儿，不是我要的。

于是，上下求索。

曾经远程开车到一个犹太老头家参观，他出的小册子上号称从二十世纪四十年代便开始搜罗培养中国牡丹。我到他家时，牡丹园已面目全非，姚黄魏紫，都淹没于荒烟蔓草。老头已经半身瘫痪，见到我分外欢喜，坚持不收一文，让我挖两株带走，成为我牡丹圃的滥觞。此后，又发现日本花商利用芍药根嫁接牡丹芽盒装出售，价格合理但成活率不高，只得屡败屡战，十几年下来，终于有二十几株成活开花，花色倒也齐全，除红、黄、白、粉、紫外，千叶、楼子、正晕、倒晕都聊备一格。只不过日本人产销美国，用英文拼日音为品名，这些名称对我便完全失去意义，然而，每年五月中旬开花时，一样美不胜收。

牡丹在这里并不难养。头两年的冬防应注意护根，嫁接点深植入土特别重要，除厚加培土外，我曾利用橡树落叶保暖。牡丹是落叶灌木，落叶枯枝的清理不可偷懒，因易滋生病虫害。施肥不嫌多，春初使用处理过的牛马粪，入秋加草木灰，中间每月追用稀释化肥，来年保证花开茂盛。

近两年，老友牟敦芾移居近邻，牟妻顾植每到牡丹盛开总要来舍下采花。去年，有十朵送给她祖母（顾维钧夫人），祖母又转赠五朵给她的好友蒋宋美龄。据说，两者得花，状至愉快，尤其是高寿逾百的宋美龄，若干年前离开她长岛的深宅大院，住进曼哈顿无花无树的公寓，看到这一捧国色天香，也许老怀堪慰。只不过，她显然不会知道，养花的人，三十几年前，在她先夫继子治下，曾经是个通缉在案的小小政治犯。

紫藤

紫藤，顾名思义是种攀缘植物。攀缘植物往往具有外柔内刚的性格，紫藤最能代表。它的生存策略基本上“不图自立”，不像一般植物，专向上方空间寻找阳光。为了四面八方蔓延，扩大生机，紫藤的身体组织也随之产生变化，新生枝条非常柔软，有利于攀爬缠绕，但韧性极强，避免了断裂的机会，这种性格，颇似老年人的智慧结晶，传统中国文人与水墨艺术家钟爱紫藤，与此不无关系。更何况百年以上的古藤，意态苍老之外，仍透露生命绵绵不已的消息，尤其仲春新夏，老干斑驳骨立，新枝幼叶欣欣向荣，配合万千流苏般的锦簇花团依风款摆，老怀堪慰矣！

可是，从小在台湾长大，紫藤与我，尤其与我的心智发展，好像没什么关系。台湾的园林花木，记忆所及，几乎没有紫藤的影子，所闻所见，大概只有纸上的标本，究竟是画册上和厅堂墙壁上的装饰物，毫无实感，加上年少气盛，只梦想做一株漂亮挺拔的钻天杨，完全不识岁月沧桑。倒是出国二十年后，有次回台探亲，朋友招待茶会，地点在新生南路紫藤庐，才知道亚热带可以种植。时在盛暑，无花紫藤本来就不易引人注目，印象中的紫藤庐镇庐之宝，仿佛比较瘦弱，五月是否开花，也不甚了了。后又听说庐主人近年加入跨海西进大潮，在北京开了分店，所以，这枝在台湾平生仅见的紫藤，恐怕也是移情之作了。

紫藤能否适应台湾的气候水土，我想不是问题的核心。据说，一海之隔自然条件相似的厦门，紫藤并非稀有之物。此外，日本殖民统治台湾五十年，日本人酷爱紫藤，至少有千年以上的历史，《源氏物语》已出现观赏的场面。今天，名满东瀛的牛岛紫藤，树龄超过一千两百年，早在一九二八年便已名列“特别天然纪念物”，一九五五年更宣布为国宝。每年花季，成千上万的人到花棚下饮酒、喝茶、唱歌、跳舞（五十年以前可能喝酒、作诗为主），这样的风气，为什么没有传到台湾呢？我因此推断，台湾宝岛奇花异木无不搜罗，独缺紫藤，可能与气候水土无关，或许是一种文化上的选择。

台湾东西南北，都市宅院，小镇围墙，村舍的老树与屋顶，甚至穿越野地的公路两旁，爬满了同属攀缘植物的九重葛。这种原生地远在中南美洲以强烈花色著称的外来物，加强了台湾的热带风味，渲染了异国情调，却普遍受到欢迎，能说其中没有一点叛逆心理吗?

我因此知道，性格上带点老年期文化特征的紫藤，究竟与台湾热情奔放冒险拼搏的民情风俗不很相合。也因此，我的紫藤缘，竟推迟了至少二十年，直到自己接受“外柔内刚”的处世原则，才产生诚心栽培的欲望。

然而，百年老藤、紫花万条的美梦，此生恐已无望，但还是有不少乐趣，可供清谈。

按照西方的植物学，紫藤学名为 *Wisteria*，一八一八年由游学英美的植物学家托马斯·马托尔（Thomas Mu-tall）命名，据说是为了纪念宾州大学解剖学教授卡斯帕·维斯塔（Caspar Wistar），所以也有人将 *Wisteria* 写成 *Wistaria*，不过前者现已通用。紫藤属豆科（*Legume*），大多数豆科植物都不太需要人工追肥，因为它们有自己制造养料的特殊机制。当根系发育到一定程度，一种短杆菌侵入，产生根瘤，可以将空气中的氮转化为氮化合物，从而为植株提供营养。这个简单的知识告诉我们种紫藤的第一要诀：不要乱施肥。施肥太多不但无益，反而鼓励根茎枝叶繁茂，抑制开花。为了促花，我曾用圆锹沿主干四周深铲一尺断根，来年果然奏效，算是减肥促花的一种激烈手段吧。

植物分类学家至今对紫藤的分类争论不休，一般认为有五到八个种，其中两个分布在北美洲的东部，其余则生长在东亚。大陆从浙江、安徽、湖北到四川，日本北海道以南，是其自然生境。澳大利亚园艺学家彼得·瓦尔德（Peter Valder）自称一九九四年五月上旬从上海、苏州一路开车到安徽黄山脚下，沿途仍见紫藤花漫山遍野，足见即使经过三年困难十年“文革”，山林罗掘俱穷，生命强韧的野生紫藤并未消灭。紫藤花可以做饼（藤萝饼即北京著名土产），茎条可供编织，根皮也常入药。

我们熟知的紫藤大概指栽培最久、流传最广的中国紫藤（*Wisteria sinensis*）和日本紫藤（*Wisteria floribunda*）两个种，不仅茎干愈老愈显古拙，枝叶也皆优美（奇数互生），花形花色最为可观。

Floribunda意谓多花，故日本紫藤一称多花紫藤，绝对名副其实。

一八六一年五月二十日，英国皇家园艺学会一位采集家罗伯特·福琼（Robert Fortune）到东京附近“拜见”一株名藤，据他报道：“藤干离地面三英尺处，干围仍有七英尺（相当于两人合抱），棚架覆盖面积六〇英尺乘一〇二英尺（六一二〇平方英尺），棚架顶端下垂的总状花序近万条，花序长达三英尺六英寸……”保守一点，如果每一总状花序以着花八十朵计算，这一架多花紫藤盛开时，应该有七八万朵花。

花序长短、着花多寡、花色浓淡，似乎是区别日、中紫藤的办法，但不尽然。北京附近产的紫藤也有花序长两三英尺的，花色则素白、淡红、蓝紫俱全；相对而言，日本紫藤也有短花序深紫色的品种，例如黑龙，但我只闻其名，未见其物。

唯一可靠的鉴别方法是看藤条扭曲旋转的方向。从上往下观察，藤条向顺时针方向旋转的是日本紫藤，中国紫藤则向反时针方向缠绕，这条规律，绝无例外。

种紫藤的第二个要诀是整枝。

由于养料来源充足，同一般植物相比，紫藤生长的速度惊人，人工栽培如不大刀阔斧修剪，很快就泛滥成灾。中国有一种传统的栽种法，让紫藤盘缠高大的常青树，春暖时节满树生花，虽然别有特色，但我总觉得别扭。两种不同形状、颜色，纹理也不相同的叶子混杂一起，不但看起来不舒服，日子久了，常青树也可能枯死，这是懒人的办法，不必经常整枝。我看到的北京植物园和卧佛寺两株老藤，就是这个做法。通常流行的做法是在前庭、檐下架设藤棚，讲究点的还可以借水廊、桥栏行之。公园和湖边空地上的紫藤棚，除了观赏，还可以提供社交空间，成为饮茶、下棋、会友的场所。中国江南用粗细竹竿架设的紫藤棚，风味甚佳，还发挥避暑功效。

二十年来我亲手种下十株紫藤，都是亚洲种，花色四类，素白、淡蓝、水红和紫罗兰色。因为庭园面积小，不宜架棚，我采取的是西洋盛行的两个做法。

靠后院阳台右侧，种下时筷子一般粗的一株正宗中国紫藤，现在主枝已有大臂粗细。利用整枝造型和它反时针方向旋转的习性，两条横向盘绕的主干上各留四五个侧枝，再选定较粗的侧枝留芽，目前大致已经定型为一棵开花灌木，整体如螺旋状，上下左右两叠三层。因为中国紫藤花序较短，分层垂花效果较好。

我另一个做法是使用支柱（standard），就像专业苗圃训练树玫瑰，但紫藤不用嫁接于砧木，因为本身已够强悍。开始用细竹竿，只留一个直立主枝，侧枝前两年不除，但每枝只留三四芽叶。随势生长，每年更换较长较粗的支柱，到主枝高出地面八九英尺以上，断其头，鼓励四面八方横枝侧生，这样成形的紫藤树，开花时如天女散花，西洋人则称之为花的喷泉。

也做了两个盆栽，至今仍无古意，需要长期培养。

紫藤花有香，但去香远益清的素心兰、荷花远甚。香味倒不刺鼻，却似女人施粉过头，刺激的是感官，不是想象。

沧桑玫瑰园

西方的园林艺术思想中，有一种广泛接受的说法：美好的庭园，就是天堂在人间的具体呈现。所以西谚说："没有人会送你一座玫瑰园。"（No one promises you a rose garden.）意思是，在人间创造天国，得靠自己努力。

我曾经有过一座玫瑰园，其中包括两个花坛、八畦花圃、一方露台和三块巨大的山石。三块巨石购自附近的园林材料供应公司，各重六百磅、八百磅和一千两百磅，一卧一立一坐，摆成扁长的不等边三角形。石质灰白幼细，皱褶缝隙中长满青苔，业者就叫它"苔石"（moss stone）。花坛由暗红的大块凹砖依房屋后窗下沿墙叠成，里面种了五棵树玫瑰（tree rose），其中最精彩的名叫“首演夜”(Opening Night),花直径四五英寸,花瓣长,包裹紧密,次第开放时,感觉在荷花与山茶之间,颜色纹理则似大红丝绒。最盛时,我算过,连苞带花有四十八朵。所谓树玫瑰,是利用强壮的蔷薇根茎为砧木,再将优种玫瑰嫁接其上。另一株树玫瑰也很受钟爱,花不大,三英寸左右,花色如白茉莉,香味清幽可喜,叫作“法国蕾丝”(French Lace)。

八畦玫瑰圃各种玫瑰七至十四株,中间各有一株树玫瑰,以收高低相衬、疏密相配之效,盖树玫瑰因接种于砧木上端,砧木本身已在四五英尺之谱,优种玫瑰借砧木根茎的强壮而繁茂,生长状态良好时,往往形成伞状树冠,远观近赏,无不相宜。

我的玫瑰园,最盛时计有玫瑰一百株整,从迷你、多花、大花、优种茶玫瑰到英国老玫瑰,品类多,生长旺,七八月间,开花恒在千朵上下,往来亲友赞叹,邻居行人驻足,我也沾沾自喜。

然而由盛而衰,不及三年。

如今,我只有一个玫瑰圃,规模缩小为十分之一,经常只得十几朵花,除了自己,别人也不怎么在意。不过,风雨阴晴仍不免流连观赏徘徊,其中的内涵与滋味,无人能够体会,因为,盛衰沧桑,有一个小小的过程。

三年前，两个长大成人的儿子给我庆生，我们在一家知名的牛排屋用晚餐。儿子请客，开了一瓶法国红酒，一九九五年的玛歌酒庄（Chateau Margaux），据说时价在两百美元以上，评酒参考书认为，如果保藏三年，价值应冲破千元。两个儿子异口同声：算了，别省了，都省了一辈子了。

那一年的年底，我面临强迫退休。

我们的晚宴气氛极好，牛排做得生熟相间，入嘴不觉纤维粗，只闻肉汁香。通心粉油而不腻，生菜沙拉鲜脆甜嫩，尤其是红色的洋葱，简直就像水果。

酒酣耳热。老二说："我觉得我们的下一代不能再做边缘人，应该打进主流社会。我要培养我的儿子参政，我们刘家应该出一个参议员……"

老大更高兴。

"将来，刘家应该像黑手党，全部住进有围墙有警卫的深宅大院。我们把叔叔婶婶舅舅阿姨全接过来，大院内，一家一幢独立家屋……"

当然，两个儿子并不很清楚，他们的叔叔阿姨辈，如果本家亲家全部算，恐怕遍布海峡两岸和三大洲。全接过来的话，他们的事业，可能得以微软、思科为指标。

两个儿子都受了美国能买到能拼到的最好教育。老大普林斯顿，老二布朗，都是常春藤盟校校友。两人在新泽西州合营印刷和电脑图表程式设计公司，前一年的营业额，才第一次超过百万美元。那晚给我做寿，也因为刚拿到州政府的一纸新合同。

两代合起来的财力，离深宅大院还远，只够一幢占地四分之一英亩三层四卧室的小楼。小楼位于新泽西州，儿子的公司附近，建在一个高尔夫球场边上。这个选择，一便于他们上下班，二可以作为我们周末假期打球团聚的别墅。一物而二用，既解决他们的住房问题，有利于他们专心开拓事业，又增进两代人共享生活的机会。

小楼后院就接上了高尔夫球场，面积虽不算大，但很开阔，由一排常青树隔开，左边是第十六洞的球道和果岭，右边是第十七洞的发球台和球道，再远一点，长达四百七十码的第十八洞宽阔的绿茵球道，就几乎贴上了天边。这三洞布置得仿佛成为我家后院的舞台背景大幕，高尔夫球场设计人又在这三洞之间，配合地形，加强景观变化，开挖了两个人工湖，从后院望去，活水潺潺，波光粼粼。

面对这几万平方英尺的绿野波浪起伏，玫瑰园开始胎动。

画龙必须点睛。

必须想象，夕阳西下时，坐在暗红石板砌成的露台上，听身后厨房里准备晚餐的喧闹，看眼前无限白云蓝天碧草，再加上周遭万紫千红欣欣向荣的玫瑰园，手里一杯水晶色冰到恰好的勃艮第，虽不做黑手党教父，亦足矣！

于是开始了我为时三个月的辟土开园血汗生涯。

首先，玫瑰的健康生长，每天至少要六个小时的直射阳光。这一条，问题不大，因为经过观察，后院除上午九点以前被房子本身遮蔽外，九点以后到天黑，阳光经常灿烂。

其次是冬天保温问题。大多数现代大花品种玫瑰都不耐寒，此间冬温偶尔降到华氏零摄氏度上下，新种植的优种玫瑰必须采取护根措施。我的办法是用铁铲挖土，在根茎周围堆一个一英尺左右的土丘，树玫瑰的长茎则围以麻布。第一个冬天过去后，伤亡率约百分之十，第二年补种，便特别留意品种的御寒性能。

最难应付的是土壤，玫瑰的要求相当严格，既需肥沃，贮水性强，又不能忍受积水过久。排水功能稍差，根系便易受损，病虫害随之滋生。为了改良土壤，我曾采样送交专业苗圃分析，发现我们后院的土，土质近乎黏土。挖一个一英尺深的洞，灌满水，八小时之后，还漏不过一半。加上后院原来的土地上，房屋施工留下的破砖烂瓦和金属碎片，没有任何选择，土必须全部换。

换土工程浩大。八个玫瑰圃加两个花坛，一百株玫瑰按株间距离二英尺半计，我算一算，如果挖掘深度二英尺，基本劳动力大概要开挖一千五百土石方。这个工程，加上搬运适合玫瑰生长的配制土壤（我的配方是一份壤土、一份腐殖土再加一份沙，搅拌而成），审时度势，自觉难以胜任，只得雇工执行。

玫瑰园的经常工作，自然少不了灭虫除害、整枝修叶、灌水施肥。

然而，三月初见成效，第二年夏天，天堂几乎就出现在儿子住家兼两老别墅的后院。

不过，你或许知道，我现在当然也知道，人间的天堂究竟不可能成为不食人间烟火的天堂。

就在我那个难得的生日宴之后不到三年，有一天晚上，老二找我谈心，他说，经过周详考虑，他已决定跟老大分手。其中细节大可不必在这里谈，总之，毫无警觉之下，不到三个月，小楼出售广告登上了一家收费据说合理的网络房地产中介商的网页。再两个月，小楼交割，儿子分家，两老失去了每周一次的乐园生涯。

不是还有一畦玫瑰圃吗？

这是我在老窝里百分之百用自己的血汗劳动建设的成果。土地是自己开挖的，一半留用，另一半腐殖土与沙则取自本社区的“循环利用方案”。挖出来的石头，选漂亮的做成围篱。小花圃也种了十来株玫瑰，风雨阴晴，仍不免流连观察徘徊，只是个中滋味，乏人分享。

优种茶

杰英病了，而且不是吃药打针便足以对付的小病。今年春初，她例行妇科检查，发现大便带血，医生给她照结肠镜，在下行结肠内找到了一颗恶性肿瘤，约两公分。结肠癌与乳癌、淋巴癌属于一个系统，必须立即切除，否则有扩及肝、肾等主要器官的危险。我们因此采取紧急措施，经人介绍，请哥伦比亚大学外科系教授福德（Dr. Kenneth Forde）主持手术，截断下行结肠约二十五公分，重新缝合。幸好她的癌生长部位较高，手术后不必加装人工肛门，生活品质虽受影响，尚未到不能忍受的地步。

手术过程中，医生用超声波观察，判断肝、肾未受感染，但在肠壁附近的薄膜中，找到两粒淋巴结，有癌细胞侵入，这一部分虽已切除，但不能保证整个淋巴系统是否无碍，同时为了预防复发，决定进行化疗追踪。化疗由纽约大学医院的戈登伯格（Dr. Alec Goldenberg）主持，根据病情，他主张用长期、温和的办法，每个月五天，减少注射剂量，但拉长疗程到半年。这样做，不但保证疗效，而且降低副作用。我们知道，近十年来，人类在克服癌症的医学研究上，虽有重大突破，但化疗这个不分好坏一律追杀的怪物，仍不能十分控制。

我与杰英结缡三十多年，生活虽无大起大落，但也可以说是患难夫妻。她在大手术和化疗中，身体体质大为削弱，我们一家人的精神、心理也饱受威胁。家里有了病人，我的作息习惯不能不大幅度调整。这几个月，除经常看医买药进出医院外，我基本上过的是隐居生活。

人生免不了忧患，尤其天灾人祸的当今世界，更加重负荷，不少人从宗教信仰中寻求慰藉，应算有福之人。我始终无法进入宗教，只得在理性主义的有限范围内自求解脱。下面要谈的些许经验，实与风雅闲情无关，不过是应付命运遭际的小小求生手段罢了。

有一天，闲翻园艺藏书，重读纽约布鲁克林植物园玫瑰师斯蒂芬·斯坎尼洛（Stephen Scanniello）的名著《玫瑰一年记》（*A Year of Roses*），忽发奇想：何不在这段大多时间足不出户的岁月中，化被动为主动，自己设计、劳动，给被病魔牢牢掌控愁绪纠缠不清的这个家，找出一个抗癌以外的生活焦点？

万花丛中，杰英最爱玫瑰，尤其是优种茶（hybrid tea），不妨从这里谈起。

所谓优种茶，专指现代高种大花混血玫瑰。当然，grandiflora也属大花品种，身高稍低，但有人认为它不过是优种茶的一个分支。美国玫瑰协会（The American Rose Society）目前登记的优种茶大概有六千多个品种，这类玫瑰的特征是：花期长，一年分好几波开放，温暖地方几乎四季不断；花梗长，最适合做切花材料；花体大，一般直径在三英寸以上，有的可以到五英寸左右；花苞形状优美，卵形者柔和，尖长挺立者则柔中带刚，花瓣包裹紧密，少者二三十枚，多者四五十枚，由外而内次第依序开放，有若蝴蝶展翅，再加上花色与香味变化无穷，无怪这种玫瑰已成商业推广的首选，一般人家的庭园，也多喜选用栽培。由于优种茶植株多直立成性，形体高大（可达五英尺），加上花大，颜色抢眼，园艺爱好者和公私玫瑰园多专辟花畦培植，很少选入多年生草花圃中，盖枝叶纹理不易协和，花也过分突出，不免喧宾夺主也。

纽约市布朗克斯植物园（Bronx Botanical Garden）内的佩吉·洛克菲勒玫瑰园〔Peggy Rockefeller Rose Garden，一九一六年由名园林设计师比阿特丽克斯·法兰德（Beatrix Farrand）绘图初建，一九八七年才因洛克菲勒家族捐款完成〕，优种茶玫瑰畦利用浅绿叶淡蓝花的樟脑草（catmint）“砌”边，效果甚佳。樟脑草丛生饱满，株短，整齐划一，无须修剪，仿佛矮篱，优种茶玫瑰似从绿色花边中升起，亭亭玉立，艳阳下的花朵，吸引力倍增，而且，樟脑草根浅，与玫瑰互无争夺，遂能和平共存。

为什么在玫瑰花的品种名称中加上个“茶”字？这个问题，园艺爱好者如有心追问，颇饶兴味。

最早出现的优种茶，品名法兰西（La France），一八六七年在法国发现，可能是玫瑰园中优种常花玫瑰（hybrid perpatuals）和茶玫瑰（tea rose）两个家族的混血。茶玫瑰花有茶香，祖先来自中国。另一派的说法更好玩，追踪到十九世纪初的中欧贸易。当年欧洲从中国输入的两大玫瑰家族，一个叫中国玫瑰（Chinas），一个叫茶玫瑰（Teas），多由东印度公司的船舶经手托运。由于海运费时，这些货物需人细心呵护，据说船上的水手因发现异香而命名，但也有人认为东印度公司的船主要运载货物为茶箱，因此得名，也未可知。

总之，如果追查现代名种玫瑰的血缘，中国玫瑰和茶玫瑰的贡献不小。

原产地在欧洲和中东的玫瑰，有个严重缺点，它们一年只在春夏开一波花。中国玫瑰的引进和配种，产生了一年多次开花的习性，园艺学上的术语叫“remountancy”，构成现代优种玫瑰之所以为“优”的主要因素。茶玫瑰除传说中的异香外，还带来现代优种玫瑰花的黄色基因。英国玫瑰大师彼得·比尔斯（Peter Beales）介绍，一八四五年，英国园艺家罗伯特·福琼（Robert Fortune）在一位清朝官员的庭园中发现一个黄色复瓣品种，成为二十世纪初叶以来黄花系列配种的重要亲本。当然，西方植物学界也承认，黄色系列一年多花的玫瑰，中国人可能早已完成，属于*Rosa gigantea*和*Rosa chinensis*的杂交。不过，由于中国人当时并未掌握人工配种的知识和技术，这些茶玫瑰的混血种，很可能是偶然实现的。中国传统园艺不懂配种，但因为业者的细心观察和耐心等待，选种方面的实践已有千年以上的历史。中国人是花卉王国中保存生物原种最多的民族，选种是个重要手段，这个风气，至今仍在发扬光大。台湾风靡一时的观叶艺兰文化就是选种技巧的推陈出新。养兰者一旦发现普通山采兰略有突变，必然高价抢购，尽心培养，除光照、温湿度和通风方面极力模仿原始生境外，并研究采用各种促变手段，例如设计特别兰架，随阳光移动调整角度，兰架下建造人工溪流，以增水雾，甚至还有人利用火山石和其他矿物中的化学成分，加强兰叶的艺变程度和速度。

我开辟的玫瑰圃，共植优种茶二十一株，因方起步，虽属名种，目前尚无可观，但偶尔偷闲圃边饮茶，自可稍解愁闷。杰英病况稍好时，也常下地整理花床，修剪枝叶。中国玫瑰虽有多次着花的好处，但生性不够强悍却是个致命伤，以之为亲本改良成功的优种茶，配种过程中未能预防黑斑病（black spot）。同时，中国品种多江南产品，性不耐寒。我有一株白花红晕优种茶，名Sheer Bliss（薄纱神品），美则美矣，能否挨过即将到来的纽约苦寒，仍有待考验。

种花与抗癌似不能混为一谈，但也有例外。杰英手术后，有三天时间，整个消化系统失去作用，靠打点滴维生。三天之后忽然通气，福德教授（Dr. Forde）开玩笑说："一雷不能成春，但你这一声雷响却带来了春天。"但人体器官十分奇妙，仿佛遇难时懂得躲藏避祸，她的肺叶竟因肠部大创伤而不时自行关闭。关闭时，相当紧张，因为全身缺氧。那天，已经出院两三天了，我正大动土木，一英尺深的地下碰到一丸巨石，尖锄、圆铲、十字锹、铁棍，什么工具都挖它不出，研究半天杠杆定律，两手两脚全用上，依然无动于衷。杰英一旁看，干着急，实在忍不住，索性卷起袖子帮忙，不料使尽力气一身大汗，不但巨石挖了出来，肺叶居然从此大开，恢复了常态。

我想，没有宗教信仰的我们固属不幸，但倘能坦率承认这一无可奈何的缺陷，勉力与苦难病痛抗衡，虽不能完全免于恐惧，也不失为自行拯救之一途。这一次，优种茶似乎成了我的见证。

黑金

“黑金”这两个字，目前有点恶名昭彰，似乎是台湾地区的一个特殊政治文化现象，这不是我要谈的。我所谓的黑金，是园艺恩物，种花人的最爱。

不妨先做一个实验。

干燥的状态，捏一把黑金在手中，它松散粉碎，不能成团，颜色在灰黑之间。随手一抛，风可以带走。灌上水分以后，这漆黑的金便像泥浆一样。然而，不同于真正的泥浆，太阳底下晒不到半天，轻轻一砸，又立刻松散如灰。

这个简单的实验证明了三件事情：黑金这个种花的媒介物，吸水和保水性能强，组织松散，因此通气良好，从而也有利于排水。

这三项功能，都是植物发展根系，促进生长的必要条件。如果作为植材的配料，其中还含有丰富的有机物质，确实宝贵如金了。

这样的宝贝，到哪里去找?

必须先了解，它究竟是什么东西。

所谓“黑金”，西洋人叫compost，中国人叫堆肥。

小时候在台湾，留意过农家制造堆肥的过程。在田间低洼偏僻处挖一个深坑，经常挑人畜粪便溺水往里倒。

再加上晒干切碎的稻禾，不时搅拌，春耕夏作时期便可以看到农人一担担挑往水田、旱田和菜地分瓢使用。但这种堆肥，是在人工化肥还没有大量生产和普遍使用之前的办法，却不是我说的黑金。

所谓compost，泛指一切有机物分解后形成的又似土壤又不完全是土壤的那种东西。这个，只要有空往树林里跑一趟，便可以发现，林地表土层上面，经常覆盖着一层细颗粒状、介乎沙与土之间的灰黑色东西，就是天然形成的compost，多由年深日久的落叶枯枝分解而成。

然而，生活在现代都市或都市边缘的郊区，要搞园艺，不可能经常到森林里去开“矿”，那工程未免过于浩大，不切实际。

这里谈到的“黑金”，专指人工可以制造的compost，且不必像传统堆肥那么大张旗鼓，何况，今天到哪里去找大粪和潲水！

这个名称其实不是我的发明。

多年前，应邀到一对爱尔兰花痴夫妇家做客，第一次听到这个说法。

这个花痴庭园，规模并不很大，连房子、车库、车道，不过一英亩左右，然而，小院人家的花卉草木，比什么名园大宅都精神，甚至比专业植物园的还要弄得更好。小园里，其实也没什么稀有收藏珍贵品种，全是园艺市场上经常栽培推广的普通货。令人吃惊的是，这些平凡的材料，一到他们手中，却焕发平常看不到的色泽与光润，仿佛每一株都成为花展中的典范神品，村姑变成了仙女。我敢说，那是我有生以来见到过的人工环境中生长培育的最快乐的植物。

访者当然要请教这种超凡入圣的绿拇指功秘诀何在。

花痴先生的答案倒也简单，只有两条，一曰深挖洞，二曰广积粮。

深挖洞者，double-digging也。这却没有什么稀奇，凡稍通花事者都知道这种基本功。即开垦土地时多费一道手续，圆锹入土要到两铲（约二十英尺）的深度。每一铲挖出的土，不能摆回原地，应倒进前一铲制造的洞里。此外还有一个要领，表土与底土不能互换，因两者各有不同性能。

广积粮才是那天学到的新生事物。

花痴太太领头，带我们到后园隐蔽处，那里有一道连翘花密集丛生修剪齐整的绿篱，绿篱后便是宝藏。这是我们的“黑金”制造厂，她说。她用的就是这两个字——Black Gold。

绿篱后面有三大叠长方块。第三叠是黑金成品，随时取用。第二叠仍在制造过程中，上面隐隐可见热气蒸腾，手伸入其中立刻感到炙肤高温。第一叠看来是刚入厂的材料。

花痴太太介绍，原料主要是草坪剪下的碎草，秋天的落叶和一切可以分解、腐烂的物资，如残羹剩菜（不带肉类）、旧报纸等。材料不够时可以到附近邻居家收集，因大多数人家剪完草都用塑胶袋装好置门外路边等垃圾队收走。重要的是，这些不同的材料必须分层堆叠如蛋糕。尤其是含氮多的草叶和含碳多的橡树叶，不能太厚，太厚妨碍空气流通，不利分解。此外，每一层洒些化肥，对于分解有机物的细菌繁殖有促进作用，如再加上些石灰，则入土后有助于土壤絮结（flocculation）。然后，经常浇水、搅拌，两三星期后可以达到最高温度，三个月左右即能出货。

“我们这里的土质结构本来不行。”花痴先生介绍，“基本上是黏土，吸水、通气和排水功能很差，经过十几年的不断改造，可以说，这个园子里凡有植物生长的地方，包括草地、地面两英尺左右的地层，如今都像海绵一样……”

见贤思齐，我于是在自己家里大动干戈。黑金制造业，听起来简单，身体力行可不那么容易。材料倒是不虞匮乏，每星期剪草一次，每一次都有好几大麻袋。枯叶也用之不竭，后山有的是大片树林。分层叠蛋糕也难不倒人，钉耙梳理一下就行。最麻烦的是浇水，由于不能离屋太近（怕白蚁），水管就得买上一百五十英尺，每次拉出去收回来都不胜其烦。

最难对付的是翻搅，尤其是雨多的日子，每一耙、每一杈都有千斤之重。压死骆驼的最后一根稻草是蜜蜂。

有一天，天朗气清，例行上工。一杈插下去，不幸戳烂了蜂窝，愤怒的蜂群如“神风特攻队”，我抱头鼠窜，逃进家门时已满头满颈（幸好那天着长裤长袖）红肿发烧。除了痛苦，还紧张，因听说南美洲一种杀人蜂已移民到美国南部，正向北移。结果不得不赶往医院挂急诊。

自力更生既然溃不成军，只好忍痛花钱买。邻近苗圃有上等成品出售，每一包四十磅，价格随种花季节涨落，美元一元九毛九到三元九毛九不等。实行两年，我算了一下账，我家种的植物，大大小小在内，总数在千株以上，即平均以每株每年消耗二十磅计，总数也相当惊人。何况，真要十全十美，每年二十磅，对一年或多年生草本植物也许恰好，大型花木则远远不够。

穷则变。我打电话到郡政府环保科求助。相信那是个冷衙门，少人问津，接电话的专员小姐大喜过望。“我们一直在鼓吹生态平衡，回收利用的……”她说。威郡是个丘陵地，道路曲折，林木葱郁，为了保护道路和电线，郡政府有个车队，经常砍修树枝，打成碎片，加上家家户户剪下的草叶，全集中在某个公园的僻静处终年全天候制造黑金。

从那以后，春秋假日，风雨阴晴，每见一花心不减当年的东方人，开着厢型车，手持长柄方铲一把，结实耐用的大号垃圾袋一打，在公园杳无人迹的林地外缘，黝黑似墨闪烁似金的峰峦叠嶂处，开山挖宝。

台北看花

到任何一个地方，看花看建筑看人，积习多年，大概是改不了的，尤其是看花。这次到台北过年，虽然亲戚朋友安排不少节目，虽然爆竹成天响，政治社会花边新闻成天热闹滚滚，看花的情趣并未因此稍减。街头巷尾、深庭小院、阳台上、窗户内，凡有植物处，便免不了注意流连，像那天行经泰顺街一条小巷，墙内日式老屋檐前，一株高大的金桂满树生花，满巷飘香，光这一眼便挽救了几乎窒息的一天，所有因机车、丑房、噪声、臭味交征侵犯而引起的躁郁，竟一洗而空。

在温州街的一条小巷里，一位老太太正在洒水。她的兰架上摆满各种品类的国兰、西洋兰，全都绿油油欣欣向荣，有的正在开花。恰好她开着门，我忍不住驻足。

“那不是达摩吗？”

我惊异这么一个普普通通的人家居然培养着如此贵重的名种。

“先生你也爱兰花？”老太太反问。

多年前我在海外的中文报纸上读到过，一棵“达摩”的天价可以要到几百万元。我只看过照片，未见实物。从图片看，所谓“达摩”也许是报岁兰的一个变种，墨绿叶，叶幅宽而短拙，可能因此让人联想达摩面壁的故事。至于它的叶艺究竟有什么神奇变化，看不到实物，难以判断。

“这棵‘达摩’是捡来的，”老太太说，“我的这些兰花，差不多全是捡来的，我这里是兰花的孤儿院。”

七八年前，有一天，老太太出门倒垃圾，发现隔邻的垃圾箱里有一盆蝴蝶兰，花虽枯谢，叶片还很健康，于是抢救了她的第一个孤儿。这些年，台湾流行把兰花当礼物，过年过节、生日派对、婚丧喜庆，一盆群植五六株、开花数十朵的蝴蝶兰、文心兰、石斛兰，要价不高但漂亮抢眼，比传统的水果糕饼礼盒更受欢迎。既是应景礼品，除极少数对养花真有兴趣的，大多便在节庆后当垃圾处理，老太太的孤儿院，没几年便满坑满谷。

“要不要拿几盆回去玩玩？”老太太问，“这棵加德利亚已经打苞了，黄花红心，很美的……”

我婉谢了她的好意，不是不想要，纽约机场当今如临大敌，没有农业部核发的入境许可证，夹带植物闯关，后果十分严重。

台湾目前是全世界兰科植物基因库最丰富的地区，不但本地的兰科植物研究者、育种专家受益匪浅，全世界的专业兰界都必须到台湾朝圣，想方设法到台湾找稀有的育种亲本。有一次，我到宾州一家商业兰园参观，发现他们有十株非常稀有的拖鞋兰，这个品种的学名是 *Paph. sanderianum* “In-Charm” × *Paph. sanderianum* Shin-Yi” SM/TPS。从“Shin-Yi”这个字便可推想育种者必然是个台湾人。果然，兰园主人坦白相告，他刚从台湾回来，这十株拖鞋兰便是这次旅行的收获之一。每株不过三片叶子，每片叶子不过两三英寸长（成株的叶片应在一英尺左右），他要价一百美元一棵，而且先警告你，至少还要小心培养五年，才有开花希望。

在台北看花，我应该算是老经验了，小时候便喜欢一人乱转。台北市当年还是个小城市，我们住在幸町七条通（即今天的临沂街十九巷），通底隔一条小溪（大阳沟），溪过岸皆是阡陌稻田，那是筑土坝、堵田水、拿簸箕捞鱼虾的冒险国度。溪这边，从四条通到九条通，一式日本木造榻榻米平房，大多为信托局、粮食局、水利局等省级单位宿舍，家家矮墙内有个不大不小的院落，家家都有花草树木，这是我拐弯抹角偷花折果的国度，偶得一两棵日日春、指甲花，便能兴奋莫名，如果隔年埋下的美人蕉块根发芽、茁长、开花，那就像上了天堂。但那时种花实像个热昏了头的小青年，只知爱不知惜，完全不理会也不了解对方真正的需要，爱花人不免成为摧花贼，然而，仍执迷不悟，屡败屡战。

童年花艺不精还可能有些遗传因素，我父亲也有点绿指癖。因为工作的关系，他经常到处出差，有一年且从兰屿带回来几块蛇木板，上面盘缠蚯蚓似的绿根，叶片肥厚圆挺，其中一株后来竟伸出花芽，可惜未全开便给虫吃了一半，但从那半朵花，我脑子里留下了 *Phalaenopsis amabilis*（L.）Bl. var. *Aphrodite ames*（台湾种白花蝴蝶兰学名）的印象。台湾的白花蝴蝶兰曾多次在国际兰展上获大奖，成为育种的重要亲本，原产地在恒春半岛及台东以南太麻里、大武、安朔等热带丛林和兰屿的各种榕树上，目前相信只能在兰园中找到，原始生境内早已赶尽杀绝。

父亲养蝴蝶兰大抵像陶渊明读书，不求甚解，因此没两年，兰根或干或烂，兰叶萎黄凋落。不久，他的兴趣又转移到菊花去了。那几年，“反攻大陆”渐成神话，父亲和他的同辈朋友，开始从本地毫无节气感的重九菊花展览中，重温旧梦了。

台北看花，除了大街小巷，除了这几年增植了山茶与四季桂的台大杜鹃花城，不能不到建国花市，因为那是典型小市民趣味的超级大会演。

这些年来，每次回台必定抽空逛一逛建国花市，每次必有所获。十几年前，从花市摊商买到一包茑萝种子(原产地四川，但台湾到处生长，在美国只在植物园内见过一次)，此后每年春天必砍竹枝扎花架，每夏必有盛大演出，每年秋天收种后，必分送亲朋好友。此物虽不如红豆相思，但朱红小花绿羽藤蔓，也极缠绵。

花市大量展出的改良种蝴蝶兰，已经成为倾销商品，一盆台币一百元，比牛肉面贵不了多少。前文谈到的“达摩”，原以为价值连城，在这里要价也不到一千元，难怪老太太可以从垃圾堆里捡到。时当节令，我只花五百元便买了两盆一向以为稀有的白花报岁，每盆各七八头，三枝长花梗高出叶平面七八英寸，每枝花梗着花九至十七朵不等，花色素净淡雅，花香愈远愈清。报岁兰叶墨绿，叶片半垂而立，叶幅宽厚，有革质感，且幽幽带光泽，整体的观感温柔敦厚，清雄秀逸，如颜真卿《东方朔画赞碑》。这两盆花，见到便不能不买，又不能携回纽约，乃赠送弟妹。

建国花市看花，虽易有斩获，但因不脱小市民趣味，终觉有憾。台湾的花商，一向不注重顾客心理的长期深入，园艺产品如日用百货，刺激消费，用完就扔，包括一些大规模的兰园（如阳明山的白云山庄），我从来找不到任何花木的拉丁学名、原产地以及相关的知识。这方面，与先进国家类似产业的经营管理哲学比较，还有一大截距离。台湾仍停留在暴发户的树小墙新阶段，跟我童年时代的心态没什么两样，迷恋有余，疼惜不足。

草山行脚

到现在还记得我的草山处女印象，那不是山，是乐园。对，那时候只知草山，不知阳明山。长大后，听说大陆曾谣传“蒋介石如今落草为寇”，故改名。当然，官方的版本不同，完全为了“宣扬固有文化”，寓意自深。

第一次上草山是用脚走上去的，十岁的脚。

得四点起床，得从纱橱（那时还没有冰箱）的剩饭剩菜里偷袭一个小便当（偷完恢复原形，以免被发现），得静悄悄全副武装（小刀、弹弓、火柴……），得没声没息摸出大门。四点半，以同样作案手法备战的弟兄们，来到了巷口的三轮车站集合，然后，呼啸出发！

上草山的路，也与今天大异其趣。

从幸町七条通出发，经临沂街往北，过忠孝路（那时还没有忠孝东路，忠孝路只是一条小街，现在的忠孝东路原名中正路。至于最初为台北市街道命名的人，为什么不把与仁爱、信义、和平三条大路平行的济南路称为忠孝路，却把济南路以北的一条小巷子命名为忠孝路，这个缘故，至今不明）转入中正路往西，走到中山北路（别忘了那里原来有个蒋介石的铜像，而且没有高架桥）向北，直奔圆山、士林，再一路经老北投、新北投，寻路上山。

上山的路却不是康庄大道，弟兄们之中，其实没有人知道该怎么走，唯一的指标是纱帽山，沿途只要看见往上的小路便走，反正草山对我们而言，只有一个意义：初春时分，前山和后山公园樱花盛开，有一种专吃樱花花蜜的小鸟，成群结队在其间穿梭飞鸣，就是我们的目标。这种小鸟，当时没有人知道名字，因羽毛呈黄绿色，我们管它叫黄莺，长大了才明白，那应该是金翅雀（finch）的一种。

除了用弹弓打鸟，草山长征的最大乐趣是偷采橘子和偷挖番薯。因为有橘子，水壶都不用带，“地瓜”则挖地生火造窑埋入其中，这是下午归程的点心。

也可能因为童年上草山是这么个玩法，今年在台北过春节，遇到二十年的老友提议去阳明山看花时，便直觉地计划“用走的”。结果，老友居然毫无怨言跟我一道来了一次如假包换的大行军。

当然，这把年纪，再怎么大行军，也不可能像从前那么疯狂。不过，这趟草山行脚，的确比得上云游四方的僧侣。

我们先到台北“故宫博物院”，看完法国绘画展（老友和我都认为塞尚的那张最好），再坐计程车上山。幸好那天不是周末，花季期间的上山路没给封死，所以，大行军的起点应该从公车总站附近开始。按照我脑子里的印象，那一带应该就是前山公园的所在地，却怎么都找不到。不错，附近盖了不少房子（自然是一幢比一幢丑），可是，偌大的公园不可能就这么消失的吧。记忆中，不仅樱树成千，且其中遍植杜鹃，又有小桥流水巉岩步道，地价再怎么涨，公有地怎么可能拿来变卖生财。后来仔细打听，才弄明白，原来樱花砍剩下不到一百株，日据时代规划经营得颇有格调的园林，东挖一块，西砍一角，盖了些奇丑无比的溜冰场（水泥）、篮球场（水泥）、游泳池（水泥）。难怪我们找不到，原来急功近利的官僚们，大凡稍有品位的东西都看不见，只会按照他们的脑袋去造福民生。此外，不能不让人想道：不搞建设，哪有回扣?

前山公园是毁了，后山公园呢？扩大了，没错，不过，究竟是美的扩大，还是丑的扩大？不容易说清楚。

从前山往后山，我们走的是人行步道。这条人行步道，应该说，还不算煞风景，特别是靠山边高地的那一段，因为没有空间施展，多少保留了自然。

后山公园却是另一个故事。停车场与风景区脸对脸贴着，这个设计便该打屁股。风景区里的亭台楼榭和其他雕塑布置，想象中，每一个都觉得有不如没有。整个园区是依山势种植部署的，照理应该像英国式的林地种植，高矮相间，疏密有致，然而，中国人贪多的老毛病又犯了，叫人远观近玩都透不过气来。人多固然免不了难以从容，流动线的设计教人无所适从才是问题。因此成千上万的游客便像从捣毁了的蜜蜂巢蚂蚁窝里跑出来似的，乱成了一团，在花间林下争门夺路抢拍纪念照。京都与华盛顿的樱花季也一样有人潮汹涌为患，但何曾看过这样的场面。夹杂在人群中的我们，竟好像有逃难的感觉，此行不是为了赏花的吗？

草山行原来野心很大，从后山公园还想去大屯自然公园，走一走环湖步道。除了绯红樱、吉野樱、杜鹃、华八仙，还想找一找金毛杜鹃、乌皮九芎、吕宋荚迷和山琵琶，却看图问人怎么都找不到正确的路。不过，走错路有时也有意外收获，误打误撞，我们走进了大屯瀑布区。虽然因为天旱缺水，看不到真正的瀑布，但由于天然地形上下落差大，整个瀑布区溪流两岸开凿了曲折环回的小径。溪旁山崖植被密布，尤其是桫椤科的树蕨（一称蛇木，据说新芽的金毛有止血功能，树身则为重要的兰花植材），体形挺拔，生长茂盛。缘小径上下步行，随处可见蕨叶张开似罗伞宝盖，叶色鲜嫩，青翠欲滴。这么精彩的地方，却不知什么缘故，游人几乎绝迹。只遇到三五个人，看来都似常客，或徒步登攀，或山岩打坐，或俯首看书。也许不是观光重要景点，这里的石栏小亭也比较质朴，长期水汽氤氲，青苔地衣附生后，益发宜人。

除了大屯瀑布区，离公车总站不远的“草山文化行馆”也值得一看。这是蒋介石迁台早期的落脚处。日式木屋，用料颇考究，但格局不大，不像皇帝的行宫，倒像个开秘密军事会议的场所。面南长廊可望见台北市烟尘。我站在桧木地板重修的廊上，遥想当年铁马金戈蒋介石，抗战胜利后如日中天的世界级领袖，仅仅四年，八百万大军灰飞烟灭，九成九河山拱手送人，那种心情，欲向谁说？

我曾在廊上仿老蒋踱步沉思，着实调侃了他一番。

如今想想，自己现在的年纪也就是他当年的年纪。纯以人生经验而论，我年轻时固然有过激烈的反蒋思想和行动，但同他的大起大落相比，终究微不足道，有什么资格嘲弄人呢？历史如长江大河，浪淘尽的，也许不只是千古风流人物吧！

草山行馆的修缮，尽可能保持了原色原料，文化局应记功嘉奖。

大行军结束前，碰巧看到一家草野风味的餐馆，高丽菜山鸡加啤酒，意外甜美。两株高大的古樟树，叶茂枝繁，有可观。

草山行脚的终点不在草山，在台北中正纪念堂前的灯会。我们到时，已近灯火阑珊，且传统民间活动，一经官方统筹组织，就成了饲料鸡，食之无味，令人败兴。这一次，也不例外。

茑萝

小叮当要来美国游学了，我们两家人心里都有点七上八下的，尤其是我和我妹妹，因为她是我们的亲侄女，姑姑和伯伯自然觉得责任重大。

小叮当才十岁，她的母亲，也就是我的弟媳，奋斗了五年，终于敌不过癌细胞的蔓延扩散，刚刚去世。

游学美国是我妹妹的主意。十岁的孩子，说懂事也不一定明白，说不懂事又可能什么都知道。妹妹的想法是，让她换个环境，一来减轻她爸爸的负担（他的事业忙得不得了）；一来，姑姑和伯母虽不能取代母亲，总比把突然丧母的孩子交给菲佣照顾好。而且，我们两家住在第一流的学区，每年交的教育税成千上万，何不利用一下。

在纽约肯尼迪机场，小叮当由华航空姐牵着手交给我们，姑姑和伯母的眼泪都流下来了，她却满脸无畏的表情，仿佛一个刚到迪士尼乐园门口的小孩，眼睛睁大了东张西望。

妹妹的计划是，让小叮当在这里念半年书，每天接触新东西，又要学习英文，肯定会让她不再胡思乱想，半年后回台湾，见到熟朋友，至少又有半年的新鲜话题。孩子正在迅速生长期间，过上一年，她就不会再有噩梦了。

当初决定这么做，就因为弟弟在那头的电话里说：“这孩子每天晚上梦见妈妈要把她抓过那边去……”

“那边”是什么地方，没有人知道，也没有人敢寻根问底，要她说明。

小叮当的新学校，环境十分优美，树高草绿，教室又大又明亮，设备和学习方式也比她熟悉的龙安小学新颖有趣。老师都知道她的遭遇，对她特别照顾。小孩子学语言的能力很强，不久就开始交朋友了。每个周末，我们两家大大小小十几个人聚在一起，有时打扑克牌，有时玩迷你高尔夫，有时烧烤，一个多月下来，小叮当的体重增加了，苍白的脸上出现了红润。

然后，有一天，大伙聚在我家，有人在客厅看球赛，有人在厨房忙，有人在草地上打羽毛球，我正在整理花圃，妹妹走过来跟我说：

“昨天晚上，又做噩梦了，半夜哭醒的，拼命叫：‘爸爸，不要抛弃我，不要抛弃我……’这么小的孩子，怎么懂得‘抛弃’，真够怪的……”

我忙着用花剪修竹竿，剪去不必要的细枝和竹叶，只在竹节处留下两三英寸的分杈，好把竹竿交错结扎，给墙边的茑萝搭个花架。我说：“你把她叫来我这里帮帮忙。”

我一面把我画在纸上的设计图给小叮当看，一面解释。

我们把细长的竹竿一一摊在地上，按设计图摆好位置，两个人手中各捏着四英寸长的一把细铁丝。我从左下方，她从右下方，在细竹竿的每个交叉点上缠绕捆扎，这游戏做得挺好玩，她手上的小铃铛，随着手势变化，不停丁铃铃响着。

小叮当这个名字不是漫画书那儿来的，她从小就喜欢在手上系铃铛，让我想起《宫本武藏》里冈田茉莉子饰演的朱实，一想到脚上系铃的朱实，便不能不想到她后来的杀人放火。

“小红花好漂亮，”她说，“叶子也很美，它叫什么名字呀?”

我知道她从三岁起，妈妈就教她背唐诗宋词，以前每次回台湾到她家，饭后总要当众表演一下，所以我就说：“妈妈教过《诗经》没有?”

“关关雎鸠，在河之洲。窈窕淑女，君子好逑。”

但“雎鸠”的“雎”，她念成了锥子的锥。这可能不能怪她，肯定是她妈妈原来就这样教的，她妈妈本不是学文学的，我没敢纠正她。

“对了，你有没有背过‘茑与女萝，施于松柏’这一首?”

“没有，妈妈没教过。”

“这花就叫作茑萝，它像牵牛花一样，是一种藤蔓植物，知道吗？它自己站不起来，必须依靠树木、篱笆或墙壁往上爬，才能找到阳光……”

一提到植物，我就停不了嘴，这个毛病可真要命，可是我发现自己糊涂的时候，已经太晚了。

“那我就是茑萝，”她说，“那我爸爸就是松柏，爸爸不会不让我缠在他身上的，是不是，大伯伯?”

小叮当嘴里的大伯伯，发音像大跛跛，第二声转成了第三声，我立刻觉得自己像脑筋得了残疾一样，不知道该怎么补救粉饰才好。

我只得以沉默掩盖内疚与慌乱，幸好春天的太阳温而不热，明而不亮，微风送过来一阵阵青草发芽的香味，除了远处偶有鸟语，一路只听见她小手上的铃铛发出清脆悦耳的声音。

我们把结扎好的花架靠白粉墙竖了起来，又把已经进入花季的茑萝一一扶上了架，便听见厨房那头敲锣打鼓呼唤着开饭了。

这以后不久，妹妹跟我商量。

“学校老师认为，我们应该带她去看心理医生。他们说，不要让创伤沉淀下去，应该借专业帮助纾解，免得以后出问题，你看呢?”

我仔细考虑后，坚决反对，我说，有姑姑跟伯母，不会有什么问题的。有个私心的理由，我没跟她说。这孩子如果是块学理工的料，那心里尽可以洗得透透亮亮、明明白白，小叮当看来是要走文学艺术这条路的，心理医生帮助洗刷的，说不定才是真正的财宝。

九月前，小叮当读完了一学期，又参加过一个暑期少年营，准备回龙安小学上五年级了，临行前在我家聚会，还没进门，先到茑萝架那里看花，我正拿着一个装三明治的塑料袋收花种。这一架茑萝，也不知是第几代了，它们的始祖，是多年前从台北建国花市带回来的一包花种。

我用一个小信封，装了五粒茑萝种子，塞在小叮当的行囊里。

第二年初夏，收到了小叮当的来信，里面有这么一段不太像小孩子的话：

“……大伯伯，我的茑萝上礼拜开花了，好开心，我要求爸爸带我到图书馆去查资料，终于明白了你那两句诗的意思。宋朱熹《集传》这么解释：‘此亦燕兄弟亲戚之诗……又言茑萝施于木上，以比兄弟亲戚缠绵依附之意也。’大伯伯，你那天带我种茑萝，就是要告诉我这个吗？……”

世界上，还有什么事情，比无心插柳柳成荫，更让人惊喜？

春迟更好

北国初春迥异于江南，仿佛以猫的脚步试探着，悄没声息，踟蹰不前。而南国的春天，来得快也去得快，好像青春十六七的女子，一夕之间成了妇人。人到中年以后，眩晕的速度成了威胁，灿烂辉煌不过是萎缩凋落的前奏，时间与岁月，需要慢慢过，细细嚼。

这就像年轻时读书，总不免囫囵吞枣，知识犹如宝库，挖得越多越快越好。记得读台大哲学系那几年，总图书馆有个参考室，气氛庄严肃穆，靠墙摆着一套二十几册西洋哲学原典。从早期的毕达哥拉斯学派到苏格拉底到柏拉图到亚里士多德，沉甸甸的套书精装本，一路排到近世西欧的尼采、康德与黑格尔，对当时愚蠢而急躁的青年如我，这无非即是盛载人类全部真理的殿堂，以为只要啃完这二十大册，人生的智慧便已具备，从此任它风狂雨骤，我自岿然不动。实践是检验真理的可靠标准，我的这些妄念，在以后的现实生活里，当然毫无作用，书到用时，不仅捉襟见肘，有时甚至帮倒忙。

自然也有过一些好处。首先，应付哲学系的考试确实游刃有余，写论文也得心应手，因为，各家各派的观点与逻辑，多少摸熟了，总有办法自圆其说，虽不免自欺欺人，考试成绩却扶摇直上。此外，还有无心插柳的好处。读英文原典，必须经常带一本四用英汉字典。生字查多了，语汇也就比一般大学生丰富。再加上哲学论述不像报纸杂志，英文长句、叠句、复合句司空见惯，初读深以为苦，有时一个句子七拐八弯，绕半天才恍然大悟。读久了，脑筋便跟常人稍有不同，对自己的思维逻辑产生了较严格的要求，写文章做人也一定受些影响，不再那么赤裸裸直统统了。

然而，这些所谓的“好处”，相对于当初自己想象的“立地成佛”，显然完全落空。“好处”是要经年累月慢慢体现的，也许，二三十年后，偶然回忆，才了解某一事某一物的源头，竟然来自那里。

这就是为什么我对“北国春迟”不但不着急，反而有乐观其成的感受。

从台北回到纽约，已近四月中旬，阳明山的花季已过，台大校园的杜鹃也大半凋零，建国花市里，报岁兰不见了踪影，素心兰还不到花期。台北市的气温，无论晴雨，都接近三十摄氏度了；三十摄氏度相当于华氏九十度，是纽约的酷暑天。可是，我飞抵纽华克机场的那天，公路边、空地上，仍有积雪，夜间气温刚破冰点，住宅区的草坪普遍枯黄，一向迎春最早的杨柳，仍无绿意。

本来，在台北待了两三个礼拜，家事国事天下事，诸事烦心，匆匆决定返美，情绪低落到了极点，一看到纽约的残雪待春景象，又不觉怦然心动。人生得失难免，只要有一个完整的春天细用慢享，一切也就无所谓了。

且从这两个礼拜的寻春谈起。

辛苦经营了二十五年的这个庭园，我今命名为“无果园”。第一，它确实只有树、藤、花、草，果树一棵也没有；第二，积二十五年之经验，深知无常才是常态，有因无果只余过程才是真谛。

因此孕育了不同的看花哲学。

传统文人看花，不外感时怀旧伤情，这一类的联想，已经没多大吸引力了。现代人看花，况味更自不同，举例说，美国名摄影家罗伯特·梅普尔索普（Robert Mapplethorpe，一九四六——一九八九）看到的花，跟我们常人的眼光，往往天差地别。梅普尔索普常用的两个主题，罂粟花和海芋（cala lily），说穿了，就是性器官。虽然不合“雅士”的口味，作品创造的美，谁也无法否认。事实上，他已经是摄影史上公认的大师级人物。梅普尔索普的观点，跟他的性倾向有一定的关系。他是出柜“同志”，年方四十三便死于艾滋病。

我看花，大概在上述两例之间。植物按时序开花，是生命历程中的一个重要环节。一切都是过程，只不过，有些过程中的环节，更引人注目罢了。

所有的花，不论多美多艳，不论多奇多丑，又或是色彩、造型与香味俱无足观如乡里平凡女子，均只有一个生命目标：传宗接代。花开只为求婚，与富贵或选美毫不相干，也不是为了追求性高潮，人纵有任何想象，皆自作多情也。

这两个礼拜，无果园中，渐入佳境。

连翘（forsythia）的黄金枝条最是抢眼，配合三年前种下的一株“富士山”（樱）满树白花，成了春初一景。连翘与富士山皆先花后叶，黄白二花因此皆无杂色，前者的枝条向上放射，后者横向发展，故不仅有金银二色的强烈对照，线条上的横冲直撞，也相映成趣。

花色和生长形态互异的各种鳞茎植物，纷纷破土露尖了。

这个时节，怒放的玉兰反而只嫌热闹，仿佛底蕴不足。牡丹的冬眠期已过，芽眼开始肥肿，叶芽如乱丝红线，花芽的形状与颜色皆妙不可言，我一位花友径直呼之为“狗屌”，若是两者都没见过，我告诉你，鲜红欲滴的朝天椒约略似之。

最经看的却是俗称鸡爪实即槭树而我习惯称之为日本枫的幼叶与花实。

平常，赏枫只是赏叶，故传统文人只在秋深才眼中有枫。唐诗宋词里的枫叶，每与人生无常或身世飘零挂钩，人世沧桑和死亡前夕的挣扎，竟成为枫叶的典型象征。

我今戴着一副老花眼镜，漫步到一棵栽培多年的日本山野原生种枫树下，仔细观察。

叶芽经春水灌溉而饱胀，挤脱了装甲似的冬眠荚，遂一点点露出了颜色。

新芽未全开，仍无叶形，皱褶含蓄如半开半闭折扇，蜷曲犹豫，新柳绿中透露胭脂红。尤令人欣喜不已者，每一对拳拳如婴儿小手的叶片中间，累累如一球球细粒初成的葡萄，枫花的蓓蕾，大胆伸进了料峭春寒，送出求婚的信号。

再过几天，和风送暖，蜂蝶成群飞舞竞逐。不到一个月，万千鸡爪叶片子。求婚成功的枫花，母体变形。两支螺旋桨叶，一百八十度平伸，桨叶相连的核心，紧紧裹着两粒相思豆似的种子。

新生命要到初秋才成熟，届时，也许有一阵风，螺旋桨在逐渐冷了的空气里，随秋叶起舞，寻找归宿。

每年开春，剪草前，我习惯在草缝、花畦、墙角、篱边各处搜寻，凡真叶已成三四片者，便趁推草机发动前，挖起入钵，三五年后，有些成为盆栽，有些则转移到亲朋好友的庭院中。

春迟迟而意绵绵，何妨加入心爱植物的生死轮回，此中或有真意，也无须深究。

豹纹

听说，豹身上的花纹，每一头的设计都不一样；又听说，有一种兰花，花瓣的色彩布局，恰似豹纹。非洲有两种豹，一种叫花豹（leopard），一种叫猎豹（cheetah）。前者是夜行动物，居非三年，我从来没有亲眼见过。动物园里的当然不算，因为动物园里的动物，已经不是动物，只是囚犯。猎豹倒远远见过几只，在热带稀树干草原上，悄悄地开车跟着它们（一母三子女），看它们昂首阔步。

因为看到的数目太少，无从比较，难以证实那传说的真伪。

我只从豹纹兰的花瓣里，见到过每瓣不同的独立风貌。

那一天，凌晨出发，开了足足八小时的车，从海拔五千英尺的高原，向东向下，穿越与台湾面积不相上下的札沃国家公园（Tsavo National Park），抵达蒙巴萨港（Mombasa）。

蒙巴萨港开埠甚早，在港湾附近的海滩上，运气好，可以捡到明、清瓷器的碎片。但是，就在今天，也没有现代都市文明的天空线。在南边的印度洋沿岸，尤其荒蛮，土庐茅屋以外，只有农田、丛林、荒山、野地。这是我们要去的地方。我们是两家人，我家四口，W家四口。

汽车下了渡轮，有一条笔直的公路向南，到底是龙架龙架（Lunga Lunga），再过去，便是坦桑尼亚的北疆。

下午四点多钟，正是搜索的好时候，阳光不再刺眼，能见度并不稍减。公路左侧离海似乎不远，但不见海，仅微闻海腥。满眼所见，是高大的棕榈树构成的风景。

就是这一带了。

我们以每小时二十五英里的慢速，往前溜。我用一半眼睛照顾路况，另一半眼睛，死死盯住不时滑过视域的棕榈树。终于在其中一株的顶端，伞盖似的枝叶下方，发现一簇“异物”，远望似修剪不整齐的短须。

我停车，W跟着停下。我把望远镜交给他看。

“怎么办?”他问。

“倒车，后方五六百英尺，有条岔路，从那儿往里开。”

到了附近，才知道视觉可能产生误差，那株棕榈树，公路上看来，了不起三个人高，到了脚下，仰头一望，至少三四十英尺。那撇“小胡子”，却也更加明显。就是它，错不了。

“怎么办?”W又问。

“刚才路边看到卖竹竿的，两条接起来，也许够得着。”我说。

我知道他行李箱内有一把手用五爪钉耙。如果把车子开进草丛，直抵树根，人站车顶，没错，也许够得到。

两家的小孩都拍手赞成，但妈妈们全反对。

“太明目张胆了。”她们说。

放弃了，太不甘心。

天色还早，就明目张胆干一次吧!

一个小时以后，工具制造完毕，车子摆定，一切布置停当。但是，出了意外。

第一，非洲人制造竹竿，没有烤干这道工序，两条竹竿接一起，重如千斤之矛；第二，竹竿竖起来，空中那一头，吃风力一压，摇摆不停，别说两条壮汉，连先前反对的妈妈们鼓勇加入阵营，也把持不住；第三，就是勉强把竿顶扎牢的钉耙移到目标处，往下扯、左右扫、向上推，无论怎么操作，那目标物就是纹丝不动。何况，有效的操作，必须等风停，而风，时灭时起。

幸好，除了不远处一幢土茅屋冒着炊烟，这一带人烟稀少，十分偏僻。否则，便可以看见，在非洲东部大陆的印度洋边，两家中国人站在汽车顶上合力抱住三十英尺的竹竿向一株高大的棕榈树树冠胡捣的奇景。

中国人叫“上瘾”，西洋人叫“虫咬”。

总之，坐在树下精疲力竭的我们，仰望树冠下那一丛“异物”，感觉就是这样：又像毒瘾发作，又像一条虫在心里钻进钻出。W掏出一支烟点上。

最早看到它，是在肯尼亚兰协的一次展出上。后来到内罗毕大学图书馆，找到法兰克·皮尔斯医生的著作《东非兰科植物》，才知道它的主要分布区，就在肯尼亚东海岸蒙巴萨附近海拔两千英尺以下的地方。它的自然生境，选择棕榈树顶端的枝叶下方着生，既避开烈日，又减了狂风，那高度，连长颈鹿也够不着。而且，注意，是着生（epiphytes），不是寄生（parasites）。借个地盘而已，绝不害人，也不仰人鼻息。

从来无法想象，棕榈树竟然如此高大，与脑子里用来做蒲扇的故乡之物完全两码事。这树干，旗杆一样，升向半空，一节节累积着年龄，比台大校园的大王椰，可能还要高出三分之一。

“怎么办?”W再问。

我只好双手一摊，向他要了一支烟。

肯尼亚是个没有商业兰园的国家，虽然并非濒临灭绝的物种，但有钱也买不到。想培养只有自己采集。

索性加入肯尼亚兰协，向兰友们分它几枝，两三年后，也许可以见花。然而，又觉得肯尼亚兰协里面，似有一股殖民主义遗孽的气味，仿佛白人维系优势文化尊严的小小堡垒。

小茅屋里走出来一个又干又瘦、身高不到五英尺的小黑老头儿。

“走吧!”妈妈们说。孩子们静了下来，一个个很听话，全钻回车座。

老头儿走到面前，我看见他两手空空，不像怀有恶意。就有也不怕，这么一个干老头儿。决定暂时不走。

“夸希里!”我向他问候。这是斯瓦希里语，“你好”的意思。

“夸希里!”他回礼。然后，叽里咕噜一串，我只好瞪眼。但是他用手指一指树顶，又用手脚比画，接着伸出两根手指，我想我明白了他的意思，立刻掏出二十先令，塞在他手里，他也没说话，转身朝着树干。孩子们又一个个从车里钻出来。

他的身体勾成一把弓，两只手扒在树干背面，两只脚踏在树干正面。像小马踏着慢步，左手与右脚一齐动，右手与左脚一齐动，全部朝上动，一步五六英寸距离，不一会儿，整个人便上了树顶。

他两脚交叉，一手环抱，把自己固定在树干上，同时腾出一只手，开始拉扯。薄暮中，仰面见他不停地挥动手臂，且不时抓耳挠腮，活像一只长臂猿。

忽然，老头儿大吼一声。孩子们又给喝着赶回车里，接着便有一团巨物从空中轰然摔落地面。

老头儿站在我们面前，仍不停抓耳挠腮，口里嚷着："嘟嘟！嘟嘟！"

孩子们正七手八脚把"巨物"抬进车后行李箱。

"大概嫌钱不够。"W说。我又掏了二十先令给他。

我们住的不是观光旅馆，是一对退休的英国夫妇经营的海滨别墅。独门独院，可以长驱直入。

抬进屋才知道这异物的巨大，足足占了半个浴缸！我数一数，假球茎不下五十枝。

对着厕所的灯光，我一面翻读兰经，一面仔细检查。

体高大约四十公分，没错；茎圆形，坚硬，近木质，没错；叶多肉，近乎肉汁植物，没错；气根丛生，尖端绿色，圆锥形，没错。可惜无花。但从植株的其他器官和它的生境判断，绝无疑问，正是我们此行寻找的豹纹兰（*Acampe pachyglossa*）。

据皮尔斯医生研究，这种植物虽然形似，但不属于东非分布较广的*Angraecoid*兰属。奇怪的是，竟与东南亚单轴类的*Ascocentrum*和*Saccolabium*兰属同类。印度洋的贸易风每年有一段时期是向非洲东海岸吹的，难道这种独立清洁的豹纹兰，祖先来自亚洲?

晚饭后，我和W，一人一瓶冰啤酒，一人一把躺椅，对着印度洋。海上没有渔火，也没有月亮，却有一层幽明，不知光源何处。

我不觉沉思。

或者在人类离开非洲原乡之前，甚至在恐龙绝灭之前，亚洲的兰，早已漂洋过海，在这里建立了殖民地?于是我想到了殖民地以及与这种近代观念有关的种种。

多年来，我有一种莫可名状的忧烦。这忧烦究竟源于何处？人际？心头？这忧烦究竟给我开拓了更广大的世界，还是正好相反，囚我于弹指间?

W打断了我的沉思。

“刚才冲洗豹纹兰，冲出来一缸黑蚁。我问房东，才知道斯瓦希里语的‘嘟嘟’，意思是‘虫虫’……”

我心中不觉一惊。

那么老头儿也许从来没向我们要钱？他伸出两根手指，也许只是要根烟抽？钱也许不在老头儿心中，而在我自己心中。那么，同样，殖民主义可能也不在兰协那批人心中，而在我自己心中。我发现我的忧烦，其实与殖民主义等的现实，根本无关。我的忧烦，其实只是直觉到自己的心，因为被某种自以为正义的观念所盘踞，而日渐狭隘缩小，日渐蒙昧无光。

“明天，我要给皮尔斯医生写封信，”我对W说，“请他介绍我入会。”

“你参加，我也参加，”W说，“以兰会友，可以跟他们学不少东西呢！”

海上的幽明里，涌现一条条银色的浪纹，缓缓推移，向我们接近。

皮尔斯先生

应邀到皮尔斯先生家做客，确实是很巧的机缘，如果生活在一个熟悉的环境，相信我不会做这样的事。人到了陌生地方，便想闯闯，我们便是这样，闯进了皮尔斯先生很少待客的庭园里。

说是闯进，似乎不太合适；说是应邀，也不十分妥当。应该是在两种意味之间吧。

这事情是这么开始的。

W请我吃饭，饭前到他院子里闲逛，在一株火焰树上，发现一串乳白色的花。花形如星，五瓣。不，应该说精确一点，花瓣（petal）三，萼片（sepal）二，大小相若，其中心则有一粒朱红色的花柱（column），下面吊着短尾（spur）。一共九朵花，全开在一个平面上，因此像一群细小的粉蝶，一群停止扇动翅翼的粉蝶，各抱一粒相思豆，两两相对，从树干一条横枝的底部伸出来，静静伫立在半空。

我问W，这是什么花。他说他来肯尼亚快三年了，不是我指出来，他根本不知道有这种东西存在。

答案一点也不奇怪，这块土地上，有太多东西，你就是十分注意，也不一定知道它们存在。我们搬进去住了半年多的家，经常发现不知名的生物。前些天，孩子爬一株胡椒树，就捉到一条变色龙（chameleon）。

但是，这群恒静的粉蝶，我判定是棵兰科植物，因为它的花形构造，因为它绿色如蚯蚓的根，因为它选择的生境。不过，除此以外，我一无所知。

有一种说不出的力量，压迫我，要求我寻根究底。

终于花了一个下午的时间，在内罗毕大学植物系的图书馆里，找到了一本旧书。法兰克·皮尔斯医生的著作，《东非兰科植物》，一九五一年，帕特瓦出版社出版。第三十页，图版八，照片下注明，这生物的名字叫作*Aerangis rhodosticta*。

这个名字又让我很伤了几年脑筋。

首先翻查的是手边的中文兰科植物书刊。大陆科学出版社的植物志，台湾的一些私人出版物和兰友杂志，全找不到*Aerangis*这个兰属，*rhodosticta*当然更不可解。后来见到过一些中国兰友，也没有人知道该怎么译。这个追踪行动，一直持续到十年后，有一天，在一间专卖中国大陆书刊的纽约左派书店里，用美金一元买到一本冷门书，才算大致解决了问题。

这本书，原名*A Source Book of Biological Names and Terms*，作者是E.C耶格（Edmund C.Jaegar）。北京的科学出版社一九六五年译为中文，我买到的是一九七九年的第二次印刷。中文书名为《生物名称和生物学术语的词源》。

根据这本书开列的不同词条，*Aerangis*大概可以勉强译成“栖息于空气中的小兰属”；*rhodosticta*也由两个词首组成，rhodo的拉丁文原意为玫瑰，引申而有红色的意思；sticta来自希腊文stiktos，意思是：加了点子的或斑斑点点的。

所以，惊艳十年之后，我终于可以用自撰的中文称呼W家里那个无人注意的生物：栖息在空气中的红心兰。

或者，如果我们不那么挑剔，简称“红心兰”也未尝不可。因为*Aerangis*属于epiphytes（着生植物），有别于terrestrials（地生植物）。而所有着生植物都可以说是

“栖息于空气中的”，所以有人译为气生兰。红心则是它的特点，势不可省。好，倒叙完毕，再回到当时。

辗转打听，终于找到了皮尔斯先生的通讯处，我给他写了一封信。两星期后，接到回信，这么说：

“我没有什么可以待客，也许请你们喝一杯茶……”

一个星期六的下午，我和W开车，应邀闯进了皮尔斯先生的家。

皮尔斯先生是个德国裔的犹太人，第一次世界大战前后，到英国读医，学成后来肯尼亚执业，我们见到他的时候，已经接近八十高龄了。

并不是所有非洲的白人都是史怀哲或殖民主，这一点，到了皮尔斯先生的家门口，便可明白。那里周遭，既无病人围绕，也无车马喧闹。只钉着一块小木牌，上面刻着一行英文字“Dandelion”（蒲公英），字迹已很模糊，勉可辨认。

看到这个英文字，我和W不免会心微笑，因为初中课本中那篇“我爱雏菊更爱蒲公英”的文章，我们都背过。然而，跟皮尔斯先生接触之后，我们也都了解，他不是那种孤芳自赏的“文艺人物”，“蒲公英”这个庭园的代号，也许寄托着他对英国大学生活时代的怀念吧。不难想象，四五月间荒草坡上顽强生长的大片黄花，八九月间白茫茫飞舞晴空的蒲公英，能不牵动一个山野踽踽独行的自然学者的浓烈乡愁?

皮尔斯先生是一位自学实践的自然学者，自从移居到这块新土地，他把大半生的业余时间，花在这片土地上。前后半个世纪，他跑遍东非的山川大地，在每一个可能生存兰科植物的生境里寻找它们的踪迹。高山峻岭、河谷沼泽、草原坡地、原始森林、干旱地与半干旱地，甚至终年不化的冻原（有一种兰，disa stairsii，就生在三千米以上的高山雪水里）与不毛的沙漠地带，他都带着笔记本与照相机去勘察、记录。一九五一年出版了一百多页的《东非兰科植物》之后，又经过十七年的努力，于一九六八年扩大为三百多页的增订本，由英国的Wheldon and Wesley公司出版。

皮尔斯先生又是肯尼亚兰花协会的创始成员。这个兰协除了在东非一地定期集会，出版刊物，以兰会友外，在国际兰坛上也相当活跃。但他们与一般资本主义气息浓厚的兰花界不同，绝不从事商业活动，却致力于生态环境的保护与濒临灭绝物种的营救。

我们见到的皮尔斯先生有点垂垂老矣。他年前丧妻，一个人两条狗，独居在他没有蒲公英的庭园里。他的庭园，以肯尼亚的欧洲人住宅区标准衡量，面积不大，设计上也朴实无华。也许同他逐渐衰微的体力有关，除了几株无须照顾的巨木，每日细心照顾的，只有两种备受人类威胁的小生命，红心兰和铁线蕨。这两种植物，据皮尔斯先生介绍，都是人类贪吝心的劫后余生者。铁线蕨生长在瀑布山崖水气蒸腾之地，维多利亚时代的英国，人们突然疯捧这种维管束如紫色铁线而蕨叶（fronds）排列如绿色云彩的羊齿，山涧野泽，罗掘俱穷，几乎绝种。红心兰则属东非特产，二十世纪三十年代传到欧洲，也引来大批商业采集客，如今，在肯尼亚大山脚下几十条溪流的河岸边，原本生长在溪水上方灌木枝下的这个小小生物，也差不多失踪了。

很奇怪，在我们与皮尔斯的短短聚会中，除了兰蕨，谈话的内容，似乎更集中在人。皮尔斯先生是我见到的极少数不拥护以色列的犹太人。我们谈到当时正弥漫于硝烟战火的黎巴嫩，一向有中东瑞士之称的贝鲁特，教派之间，各自打着正义神圣的旗号，天天忙于拼斗厮杀。我还记得皮尔斯先生的评论："除了愚蠢的宗教狂热，我看不出有任何道理……"皮尔斯先生天生有鸡胸的缺陷，身体瘦弱，从外形上，你不可能想象他那孤独坚毅的事业。他的声音也不响亮，在某种印象中，恰好暗合了蒲公英、红心兰与铁线蕨这三种谦卑而又顽强的生命形态。

一九七九年，我在纽约接到W的来信，告诉我皮尔斯先生过世的消息。我似乎并不震动，反而有《圣经》中“尘土归于尘土”的那种感觉。可是，这么多年下来，皮尔斯先生在我心中又似乎从未淡忘。

有些人，你常常见面，但一转眼，你便把他们忘了；有些人，你也许只见过几次，但一闭眼，那完整无缺的形象就立刻出现。皮尔斯先生对于我，便像后一种人，特别是那一天，当我胸中盘踞多年的红心兰渐渐消退，却在“蒲公英”的温室里看到一串串红心兰蝶群一般摇摇款摆的时节。

园意

到肯尼亚的第二年，四五月间，联合国环境规划署开理事会年会，S君奉派来此出差，我们在X家见了面。

X是个从不“拈花惹草”的人，他只爱杯中物。我们坐在前廊下的蚌壳形藤椅里，椅前有几，几上有酒，三个人没有围几而坐，却一字排开，面对廊外，看草上闪烁的阳光。

X的前庭大概有半英亩大小，略呈矩形，除了一片草坪，三五枝仙人掌，两三株楹树，此外一无所有。X是绝不布置庭园的人。他的庭园就是他的性格：自然放任，宽舒平坦。楹树也是前人所种，树形未脱青少年的稚气，枝丫横斜，只顾得向四外伸展，尚未成就应有的风姿。草上的阳光却恍惚迷离。

“每个人都该培育自己的庭园。”

S忽然感慨起来。

也许不只感叹。我们分手也已多年，或许他并非引用他钟爱的作家的话，他说的恐怕是他这几年的心情。

那一年暑假，我跟两个朋友开车，横跨美洲大陆，到处串联，在波士顿的一幢老殖民地建筑里见到他。还记得在他的打字机上，看见一份未打完的英文稿，上面是这么开始的：

“亲爱的同志们……”

如今，他移居在一座湖光山色园林如画的欧洲城市里，拿一份中产阶级的薪水，思索着如何布置一方小小的苑囿。

侧眼看去，午后赤道的阳光，凸显了两位中年朋友脸上的纹路。虽然瞧不见，想来曾经呐喊曾经风霜的自己，嘴脸内外，也应有沟渠纵横。

S君的园，听起来，似乎只是他普罗思潮的余晖反映，朴实简单，无花无树，窝藏在帝国主义白人世纪末的角落里，三五畦带点乡愁的白菜萝卜，一群小鸡。

一年来，在异国异乡的异色世界里，我也不自觉地营造着属于自己的一座心的园林。

按中国传统，园林雅事本不是我这样的人所经营。

一九七四年，在中国大陆，看了几座名园，无非是帝王将相的后花园，或富商巨贾附庸风雅的地方，馆阁楼台、轩廊亭榭，大都俗不可耐。比台湾地区大地主的园宅，气派略为轩朗一些而已。敷山设水，不脱匠气；莳花植木，也只得外观布置之功，再加上游人如西门町逛街，纸屑果皮如散场后的电影院，声音嘈杂如菜市场，即使有三五丸好石，一二株古藤，也无法让人静对。要之，中国人的园林观，大抵是一种天国人间化的构想，就是神话一般的大观园，也不离这种观念。园林趣旨，似以尽搜天下珍玩异物、奇花香草为宗旨，以自娱娱人为目的；山水的设计营造，也是为人服务。各种形式的建筑，为的是良辰美景、赏心乐事，作为各种人间活动的场所，除人以外，所有其他生物与非生物，都是陪衬。所谓“雅”，是以人为主的。没有人，何来雅？雅是人的感觉投射。到了现在，一切又受制于革命者的观念。对于革命者，天国是不存在的，人间却有地狱，而全部人间，都必须改造成天国。这传统的“雅”，就不得不面对群众，也不得不瓦解。

在传统中国人庭园里生存的草树花木，不可能快乐，因为它们只是受摆布的物，生存的意义，附着在人的好恶上面。窗下的芭蕉，不可能快乐，因为雨滴多了，叶子会破会烂，可是人喜欢听雨打芭蕉，所以它就得在那儿活。如果石也有情，它不会喜欢孤零零直竖在池水里，让人把它想象成峰。中国人的庭园，讲究曲折幽深，所以得把本来就不大的空间填满，才能在天然物的堆砌混杂中，挤出弯弯曲曲的人的趣味。

我其实也不喜欢日本庭园。

日本贵族的庭园，对山、水、石、木的处理，虽然有些改进，但也不脱中国窠臼，只不过，石头的色泽纹理，品位稍高，摆法没那么穷凶极恶；针叶树的扭曲和造型，是中国盆景趣味的延续；观花灌木的修剪和配置，品位还不如中国的牡丹山和芍药栏。但他们的竹林茅舍颇惹人爱，尤其是通往茶间的小路和踏石，如果有所谓禅机的话，已呼之欲出了。这就不能不使我想到日本的僧侣园，特别是以沙、石、苔藓与羊齿为主材的造园艺术，已经透露出从人间走向天国的消息了。

大凡人类造园，都不出在人间实现天国这个意念。而西方人的理念，更是直截了当。十九世纪的理性主义精神，用几何图形活现在凡尔赛宫。全世界只有一个异数，这就是自然学传统深厚的英国。全世界的园林文化，只有英国人最尊重植物的生命，体贴它们的需要，苦心孤诣，极力要让它们活得自然，活得快乐。因此，在英国，园林事业的从业者或业余爱好者，不该叫园丁，也不叫老圃。专业的叫horticulturist（园艺学家），业余的叫gardener（园艺家，不是园丁的那个意味）。

我译这两个英文字，舍不得去掉那个“艺”字，因为这个“艺”，包含了科学与艺术两方面的内容。

英国人的园林，大概有两个重要传统：一个是农业（蔬菜园），一个是植物学。菜园传统发展出了一年生和多年生草花的种法，植物学的传统更是园林艺术的根本，形成了他们对植物生理、习性、生态、环境等多方面相敬如宾的态度。这方面的成就，特别表现在山林种植（woodland planting）。从光照、雨量、湿度、风向、温度、土壤等小环境的考虑，到植物的选种、育种、乔木与灌木的互动关系及地面铺盖植物（ground cover）的培养，以至病虫害的防治……无不深钻细研，务求互不妨碍，各得其所。

这样说，是不是意味着“人”的妥协呢？刚好相反，英国人大概认为，植物如果不快乐，人也就不可能快乐。不妨举由菜圃传统发展出来的一年生和多年生草花圃（annual and perennial border）为例。

设计这样的一畦草花圃，是一件大事，也是一门大学问。首先，你得有一个长期的观点，有一个vision（远见)。你得了解这一畦草花一年、三年、五年后是不是可能变成你所要的样子。这就是远见。而远见是建立在专业知识、培养技巧和审美品位上的。专业知识提供的是千百种多年生草花的选择范围、生长形态和习性，培育技巧决定它们的生长情况，审美品位则因人而殊。当然，这里面的高下也就立竿见影，但基本要求很简单：植株的高矮粗细，茎叶的形状纹理和色质配置，以及花期的先后与长短，花形与花色的调谐等等。原则一般也很简单，例如一块半月形的花圃，选好材料后，通常都划割成鱼鳞形的小块，高大的在后，矮小的在前，像拍团体照一样。然而，问题又不那么简单，光是astilbe（落新妇)，商业上应用的就有几十种，有的高，有的矮，有的固守一地，有的逐年蔓延，花色种类之多，开花期早晚有别，长短不一，叶形配cosmos（大波斯菊）也许不错，但花形并置却很突兀。再加上cosmos也有高有矮，高矮前后如果失调，整个花圃的效果便破坏无遗。除了这一类情况数不胜数，还有一个主题问题，那要求就更严格了。

在肯尼亚那几年，我有幸租住了一位英国老太太的园宅。她经营了十几年，我坐享其成。一搬进去，一草一木我都不敢轻举妄动，闲时在园内散步，培养的是我的谦恭，激发的是我的好奇。在一草一木当中追寻的是一颗园艺学家的心，锻炼的是一双园艺学家的手。那几年，我唯一的亵渎是：在厕所后面的化粪池上，填了两车土，加种了十几株香蕉，喂养我无可约制的乡愁。在一方无水也无土的角落里，我铺了一大张塑胶布，填上土，灌了水，播下了母亲从台北寄来的空心菜种。

X君每来我处饮酒，偶也略有所感，但始终不为动摇，他从不放弃他的放任自然，无为而治。S君我没敢邀，他的园林哲学里面，虽然已经没有了集体制的社会主义，欧洲白人殖民主义的乌云，还在他的庭院上空徘徊不去，我估计，他还是宁愿坚守他的白菜萝卜。

湖的故事

我渐渐觉得，人与湖之间，可能有某种情结。究竟是什么情结？为什么有了情结？老实说，我还不甚了了。或者不妨先说几个故事，湖与人的故事。

一九九一年十月底，纽约麦迪逊广场花园（体育馆）举行一连串摇滚乐募款演唱会。募款的目的之一，救瓦尔登湖（Walden Pond），阻止房地产开发公司在那里毁林拓地，兴建办公园区。

瓦尔登面积不大，才十一英亩，不过是新英格兰数以千计的小池塘之一，人称“锅湖”（Kettle Pond），大约是一万年前冰川解冻留下的水洼子，既无天然资源，又非秀甲天下，然而，“瓦尔登”却是个文学名词，因为亨利·梭罗（Henry Thoreau）在那里住过两年两个月，写了一本书。

这本书，*Walden; or, a Life in the Woods*，台湾早就有了译本，译名《湖滨散记》。这本书，一向被台湾的文艺青年看成学习所谓“哲学深度”的文学书，其实内涵不止于此。

先说梭罗本人。除了清教徒气质，他可能是最早抗拒工业文明侵袭的文人之一，也可能是少数以行动实现独立自我的知识分子之一。当然，他还不止于此。

梭罗是一位程度不差的自然学家。在两年多的隐居生涯里，他并非只是玄思、静坐，他仔细观察并记录了瓦尔登湖的野生物动态，测量了水位的涨落和不同水深的温度，并计算了温度变化对瓦尔登湖的生态影响。以梭罗当年拥有的粗糙工具而言（一八四五年七月至一八四七年九月），他的工作做得相当扎实。例如，当时一般人认为瓦尔登是个浅池塘，他利用声波绘制了一张表示湖底各处不同深度的图表，证明湖深达一百零七英尺。今天的科学家利用先进工具测量的结果，证明误差极小。

除此以外，梭罗可能是第一个提出“公民不服从”（civil disobedience）并身体力行的人。他宁愿坐牢也不肯缴税，他声明不能支持一个为了维系奴隶制度而向墨西哥宣战的政府。就这种高度技巧的政治斗争艺术而言，梭罗启发了甘地的非暴力不合作运动和马丁·路德·金博士的非暴力抗争。他是和平运动的先驱。

然而，瓦尔登湖现在成为新闻，并不完全因为大家忽然开始怀念梭罗，主要还是一位科学家的努力。

威斯康星大学的马乔瑞·温克勒博士（Marjorie Winkler）继承梭罗的自然史研究，她将一条塞满了干冰的管子插入湖底，让沉积物在管内冻结成她从事分析的取样。一九七九年，她取出来一段长达三十三英寸、足以代表瓦尔登湖六百年历史的沉积物。这些年来，她的研究逐渐透露了一些信息——人类活动对环境造成的压力。下面是她发现的一些要点：

*早在十四世纪，人类已开始在瓦尔登附近活动。温克勒在沉积物中找到一种草本植物酸模（rumex）的花粉。这是印第安人食用的一种蔬菜。到了十七世纪欧洲白人垦荒者到来之前，酸模花粉的数量大增，说明印第安人已经在瓦尔登附近进行农业活动。

*从三百年前开始，随着白人活动的增加，瓦尔登区的白松（white pine）越来越多，而油松（pitch pine）渐减。白松的利用价值高，白人称之为“国王之松”，是船桅的上佳材料，油松则只能用来取暖。温克勒推测，油松原来之所以繁衍甚广，是因为它不怕火灾，天火之后

有自然再生的能力。白人的灭火能力帮助了白松。

*在一九一三年前后，湖区四周的栗树突然失踪。温克勒断定其原因为欧洲移民带来的木料中引进了一种真菌，杀光了这一带的栗树。

*在梭罗搬进木屋的前一年，通过湖侧的铁路开始通车。温克勒在湖底淤泥中找到了人造的物质——煤渣的炭屑。

*从沉积物中含有的微生植物的变化，测知瓦尔登湖水质确实随着人类活动的频繁而不断恶化。瓦尔登湖中的硅藻（diatoms）品种，越接近现代，抗酸能力越高。无抗酸能力的品种都已死灭，说明湖水已经受到酸雨的影响。

*从现存的硅藻品种和其他微生物分析结果来看，湖中的氮和磷含量日益丰富。这种化学组成直接造成了藻类（algae）的大量繁殖，如果不加控制，最终会形成富营养化现象（eutrophication），把所有动物杀死。而这些营养物，显然来自人类的厨厕和农田排泄。

也许梭罗本人从来不曾想象过，他自己的活动，也直接造成瓦尔登湖水的恶质化。然而，无论如何，瓦尔登是因为梭罗才引起人们的注意。温克勒博士选择它作为移民对生态环境影响的研究对象，是否早已明白研究结果将对人们心目中那个“又清又深的绿井”（梭罗语）激起巨大的反响？

再说一个湖的故事。

这个湖，不属于任何人。但有人把自己一生最后二十年的岁月全部投入这个湖中。

皮埃尔·布里侠（Pierre Brichard），一九二一年生于比利时；第二次世界大战前，开始跟着父亲做鱼类养殖实验；一九四九年到西非刚果河流域一带采集鱼类标本（业余嗜好）；一九五五年正式下海，成为向美国出口刚果流域热带鱼的第一个专家。一九七一年，他带着女儿米瑞尔（Mirielle，现已成为鱼类生物学家）离开扎伊尔，到达中非洲的布隆迪，并在坦干尼卡湖（Lake Tanganyika）边的布仲布拉（Bujumbura）建立了水生物观察研究收集站。

布里侠的研究站完全自给自足。他靠出口热带鱼赚钱，用赚来的钱进行坦干尼卡湖的鱼类调查、分类和研究。二十年下来，他成为坦干尼卡湖鱼类的第一号专家，写了一本五百多页的书：*Cichlids and All the Other Fishes of Lake Tanganyika*（《坦干尼卡湖的慈鲷和其他鱼类》）。到一九八三年六月止，经过他鉴定和分类的鱼，光是慈鲷，已达两百七十七个品种。长达两千五百千米的湖岸线，他仔细踏勘过的仅五百千米，所以他预料，当全部湖区的探勘工作完成时，至少还应有五百个品种有待鉴定、分类。这个志愿不幸未能完成，他在一九九〇年三月十四日去世，但他的女儿米瑞尔和女婿以及其他几名助手却在继续努力。

同瓦尔登相比，布里侠的这个湖可不是开水壶。坦干尼卡湖是纵贯红海到非洲的大断层中一系列湖泊之一，面积三万四千平方千米，略小于台湾，相当于海南岛。湖不但大，而且水深，最深处接近一千五百公尺。在湖的西岸，距岸不到三千米，水深便到达一千公尺，因此整个湖的水域体积，大约是北海的一半，说它是内陆海也不为过。尤其独特的是这个湖的水质，酸碱度达九点五，据布里侠调查，可能是水底六至八公尺到大约二十五公尺处岩石上一层含钙的方解石结晶饼所造成。正因为这个特点，淡水河流的鱼类始终无法在湖里取得支配地位，加上水温变化小、水质稳定、湖龄古老（约形成于两千万年前的中新世），湖内各自独立的小环境众多，各种鱼类得以不受干扰地生活，是研究鱼类演化的一个不可多得的生境。布里侠断定，坦干尼卡湖的慈鲷，百分之九十五的品种在该湖以外绝无仅有。

我的书房里养了一缸非常稀有的热带鱼。这种鱼喜欢成群结队，其合群性（gregariousness）是鱼类中很特别的一种。据布里侠研究，这种鱼不仅有同辈合群的习性，亲子关系也特别友善。每次产卵约两百枚，父母轮流保护，护卵期间，勇敢无比，体积大几倍的陌生者一接近禁区就被拼命的亲鱼赶走。卵孵化之后，亲鱼不但不吞食小鱼，而且照顾备至，甚至第一代仔鱼长大到青少年时期，还能帮助父母照顾下一批仔鱼，因此在鱼缸里，可以看到体积大小不同、来自同一对亲鱼的好几代小鱼和平共处。这种鱼来自坦干尼卡湖，其独特的习性也只有这样独特的生境中才可能演化形成。这种鱼叫作*Lamprologus brichardi*。不错，你一定注意到鱼名中的第二个单词就是布里侠的名字，这鱼是布里侠在坦干尼卡湖中无数次潜水时发现的，按照拉丁文的原义，这鱼的名字应该译成：美丽发光的布里侠鱼。

我书房里的"美丽发光的布里侠鱼"目前尚未产卵，不过，放心，我正在想方设法找资料，请教各方高手，甚至为此加入美国慈鲷协会（American Cichlids Association）。

最后我还要说一个湖。

这是母亲的湖。

母亲自小在湖边长大，所以我的童年，也仿佛永远有湖水荡漾。而且不只有水，还有鱼。

母亲说过，她的湖，每年到一定的季节，要涨一次大水，经常淹满院子，淹过门槛，淹进堂屋，但从不会淹到楼上。所以她和她的玩伴，每年都坐在楼梯上把钓丝甩进客厅里，涨水过后，运气好，院子里可以挖到两三斤重的鳜鱼。

我们从小别的不挑，吃鱼的嘴特别挑。吃惯了新鲜鳜鱼的母亲，什么鱼都看不上眼。

母亲的湖叫鄱阳湖。除了鳜鱼，母亲说，还有银鱼。鄱阳湖的打鱼人，用不着撒网，舀一脸盆水，往岸上一泼，银鱼便满地跳。太阳晒干了再来收就是了。

自己看见鄱阳湖，早已过了童话的年龄，而且在飞机上。随着兴奋旅客的指指点点，我也挤向一方小小的窗口。只看见一大片形状不规则的反射强光的水银，摊在机翼下，嵌在灰色的山影里。好像跟鱼米之乡、田园风光这一类印象，完全无法吻合，反而觉得自己的童年，被古怪丑陋的科幻世界所埋葬，因而略感不快。

母亲的湖，有水有草有虾有鱼。这样的湖，已经成为我的生命符号。

我总想，有一天，我将埋骨在这样的湖边。每次湖水上涨，冰凉的舌头伸过来，舔食我腐朽的身体。每一次湖水退潮，就带走我身体的一部分，静静沉入黑暗温暖的湖底。

热带雨林的黄昏

很难想象，南美洲的热带大森林第一次出现在欧洲白人的眼中是什么模样？哥伦布不是一个自然学者，他显然也缺少文学细胞，但他留下的这段话，还是有点感染力。五百年前，他说过：

“我从来没见过如此美好的事物：树林美丽青翠，跟我们的完全不一样，每一种树开不同的花，结不同的果。许多的鸟，大鸟小鸟，鸣声悦耳。”

五百年前，分布在赤道两翼南北回归线之间的热带雨林区，地球上一条美丽的绿色环带，总面积四十多亿英亩，约占地球陆地面积的百分之十二。五百年后的今天，这个绿色环带已经破碎成三个大块：南美洲的亚马孙河流域，非洲刚果河流域和亚洲南部一直延伸到澳大利亚北部的马来群岛。总面积已经削减了将近一半，目前只剩二十四亿英亩，而且正以惊人的速度消失。专家估计，热带雨林的消失，每年约两千八百万英亩，每分钟五十四英亩。如果你知道一个美式足球场有多大，则每过一秒钟，便有这么大的一块热带雨林，为了养牛，为了种咖啡，为了做北欧人喜欢的家具，为了造纸，为了做日本人用的筷子，为了……而被砍成丑陋的光秃秃的平地。

按照目前这个速度砍下去，一点不错，到了公元二〇三四年，占地表百分之七的热带雨林区便将消失一半；到二〇八一年，地球表面就再也见不到哥伦布见过的美丽树群与鸣声悦耳的大鸟小鸟。

热带雨林又是地球上物种资源最丰富的生境。生物学家估计，全世界的生物物种在五百万到三千万种之间。数目为什么不够精确？因为科学家还来不及进行调查鉴定。事实上，今天确定的物种才不过一百四十余万种。但是，随着热带雨林的迅速消失，不知道将有多少物种，在人类甚至还没有发现、分类、鉴定以前，便从此灭种。热带雨林区养育了地球一半以上的物种。植物学家在一英亩的热带雨林中发现了一百多个不同品种的树。厄瓜多尔的面积不到加利福尼亚州的三分之二，但发现了两万多种不同的花卉植物，比加利福尼亚州多四倍。亚马孙河流域一英亩的树林里，有人找到七百多种不同的蝴蝶，超过整个北美洲的蝴蝶品种！十九世纪五十年代，一个英国探险家、自然学者亨利·瓦特·贝茨，在亚马孙河及其姊妹河奥林诺可流域一带采集了一万四千多个植物品种，其中有八千多种是人类从未见过的。

为什么热带雨林区有这种品类丰盛的资源？除了阳光、雨水，还有一个物竞天择的法则。在丛林里，生存的路有两条：强壮或者特殊。美洲虎（jaguar，学名*Panthera onca*）走的是强壮的路，但这条路容不下太多生存空间，热带雨林内生物品类多样化的主要原因是特殊化的战略。为了生存，兵蚁（soldier ant）发展出最精密严谨的分工集体生活方式，由上百万的蚁形成的蚁群运作有如个体，每一只兵蚁的生命犹如细胞；为了适应水位涨落，锯腹脂鲤鱼学会了吃树果；为了采食浆果，犀鸟的巨喙犀利有如刀锋；有的花朵散发着腐肉气味，为的是吸引昆虫传粉；有的兰科植物甚至把生殖器官发展成迷宫，保证前来采蜜的蜂蝶为自己完成传宗接代的任务。

然而，这些物种正以空前的速度消失。专家估计，每小时有一至六个物种消失。不，不只是消失，是永远无法重现的灭绝。

哥伦布之后，关于黄金宝藏的传说引来了大批冒险家。欧洲的殖民政权，为了寻找财富、开疆拓土，把原始森林看成有待文明开发的处女地，大批商人、政客、军人拥进。几百年下来，中南美洲百分之九十五的原住民被消灭——主要死于欧洲人带来的各种疾病。原住民的宝贵文化遗产也在迅速消失。

刚果河流域的埃费族（Efe）俾格米人懂得利用一百多个品种的植物块根、硬果、水果以及蘑菇和树叶。巴西的卡雅布（Kayapo）部落的印第安人利用的植物有六百余种。苏里南有一句俗谚："在丛林里，印第安人什么都懂。"一个了解人类采集游猎生活方式的最后机会即将丧失。

"在我心中留下深刻印象的所有景观之中，最壮美的莫过于人手未触的原始森林。站在这种与世隔绝的寂寞之中，没有人不被感动……对那些从未曾涉足热带地区的人而言，任何形容词都无法传达我们心灵所经验的愉悦感觉。"这是达尔文的话。

达尔文的同族，欧洲温带白皮肤人类所创造的文化，不料成为这种美感的克星。公元一五三〇年之后，葡萄牙人在巴西海岸砍平了一长条林带，代之以生产蔗糖的大片种植园。原住民不热心从事劳动，于是从非洲大批贩运黑奴。公元一六〇〇年，荷兰人开始把蔗糖生产技术从巴西移植到加勒比群岛。接着，英国人清除了巴巴多斯，法国人进入海地，西班牙人到了古巴，大片大片的原始红木林全给砍了做家具。直到今天，这些地方仍然无法摆脱单一作物经济的殖民地生产形态。

对于他们“发现”的这个充满神秘并暗示着财富与权力的热带雨林生态系统，文明人的头脑受到了强烈的冲击与启发。他们把自己的哲学带进这个世界，把自己的文化带进这个世界。这是一种征服的哲学，开发的文化。原住民与热带雨林的依存关系是一种有限利用的共生文化。几千年下来，南美洲这个伟大的生态系统供养了五百多个不同部族，但本身没有受到不能再生的破坏。文明人开发利用却具有强烈的破坏性，且往往以贪婪始，以失败终。

美国汽车大王亨利·福特的故事是个典型。二十世纪初叶，福特的汽车工业蒸蒸日上，这是典型的文明事业。把人类从田园式的兽力经济一步拉进摩托化的现代生活，福特需要大量的廉价橡胶产品。

在巴西的里奥塔帕荷地区，砍倒了一百万英亩的原始林，建立了有名的“福特园”（Fordlandia），全部种上橡胶树。但是，这个规划宏伟的计划不久就宣告破产。

橡胶树同亚马孙流域许多生物品种一样，经过千万年的生存竞争，它已经特殊化，已经适应了一个复杂的相互依存的生境。把冲积扇平原的橡胶树移植到高原上的土地里，它很难生存。结果，一种造成叶锈的真菌开始攻击，单一品种的大规模农业便同福特先生的现代化美梦一起被消灭。而砍倒的热带雨林，如果要恢复原状，大概要四百年到一千年的时间，看各方面的条件而定。

愚昧的故事，一直到二十世纪七十年代，依然在上演，而且变本加厉。因为，由于人口繁衍，又增加了另一个可怕的因素——贫穷。

一九七一年三月，巴西总统麦迪西视察了巴西西北部的旱灾区，决定开发一条贯穿亚马孙流域大森林的公路，让旱区的居民移民到潮湿、肥沃的亚马孙雨林区。一九七一年七月，国会通过立法；十月，推土机大军开向原始林。很快，移民沿着公路线开始建立了农庄、市集和村镇。移民分到了土地、房舍和农具，他们在政府指导下种植稻米。第一次的收获成绩欠佳，证实了生态学家早就提出过的警告：这是一种错误的土地利用法。移民潮开始下降。

下一任总统恩纳斯托·盖塞尔先生上台后，断定跨亚马孙移民计划的失败是由于资本太少、农庄规模太小、移民素质太低。于是他提出更伟大的计划。为了鼓励大资本家，他提出了免税法和农业贷款方案。大公司投资大牧场的资本可以用来抵税。于是巴西的企业与海外的资本竞相发展养牛事业。现在，多数牧场都已荒废，因为原始林砍倒后的草原，素质太差，一公顷地只能支持一头牛。资本家并没有吃大亏，因为他们不仅免了税，而且土地投机买卖上又赚了钱。一九八三年，免税与贷款方案都不得不取消，因为整个计划已无法推动。

这样的故事上演了几百年，然而，人们不会留意。不像海湾战争，只要有电视的地方就有人关心，因为惊险刺激的程度等于科幻电影加武侠小说。热带雨林的悲剧，CNN不会报道。热心奔走、呼号的只有一些名不见经传的人类学家、生物学家和环境保护人士。

但是，人类的前途，是否将以悲剧结束？热带雨林的毁灭史，似乎是一个相当逼真的高度集中的象征。因为，这里暴露的，不仅是残杀与破坏，整个人类文明发展的贪婪、无知、短视、残忍……都明白地一一展现在我们眼前。

别忘了，这不仅是白人的悲剧。几千年以前，中国南方大部分地区本是一片森林覆盖的绿色世界，现在只剩下西双版纳一个小小的保护区了。

四十腰

人一过四十，便往往有些不同凡响的感悟。孔夫子声明从此不惑，胡适之要求拼命向前，这都是信心十足的表现。同圣贤们相比，我的志气却背道而驰，反而有些日见其收缩的味道。

那一年，想来想去，实在想不出有什么迥异寻常的征兆。天空里看不出异象，大地上也无非纷纷扰扰。再省视自己的精神状态、内层生活，好像也看不出回环转折的大觉悟大决心。然而，那一年的秋末，此间称为“印第安之夏”，却是一片日丽风和、鸟飞鱼跃的太平盛世景象，不免心血来潮，忽发奇想，想在自己的院角落里，为来年春天制造一个繁花似锦、美不胜收的局面。

这个宏愿一发，便确实感觉与往年似有不同。于是，第一步，广搜博查，翻遍手头的园林书刊图片，终于决定，改天换地的方针，以“俗艳”二字为最高指标；第二步，择定前院一片斜坡地，作为未来新局的集中演出地点。一来因为它前后左右没有树荫，日照长，又无地下根系纠缠分肥，适合于创造盛况空前的场面；二来这块草坪面对交通繁忙的大街，地位显眼，足以达到路人瞩目、炫耀示众的目标。计划形成以后，便顾不得三亲四友的唠叨与讥诮，虽然天气一天天冷起来了，还是不改初衷。那一年霜降后的第一个礼拜六，经费筹足，上附近一家花圃，不惜工本买下两百粒真正舶来品荷兰种的郁金香球根。

一口气买两百粒，自然是中年自耕农的大手笔。但是，郁金香这种花，奇花也，色彩固然艳丽非凡，花形本身却十分单调，不过像个高脚杯，毫无情趣可言。而且，分别审查它生命史的各个阶段，球根状似洋葱，谈不上可爱。秋间埋下，次年发叶五六枚，叶片也不出色，短短肥肥，在青菜大蒜之间。郁金香是鳞茎植物，一球只发一茎，一茎只着一花，所以，虽然花期早，有时候，残雪未化便已破土而出，颇有励志争春、先声夺人的意致，但若只种上三五株，便没有什么效果，反显得清清冷冷，此其一。其二，过河卒子之身固不容忽视，拼命向前的气概则未必落实，但是，也许是等闲白了的少年头里面，究竟还有些好大喜功的成分残存，碰上莳花养鱼这一类羊肠小道，仍不免豪气干云。这么说，两百粒郁金香，其实还是一个妥协。要不是院子里的向阳面积有限，而种植郁金香，按照书本的要求，株间距离又必须留个五六英寸，否则的话，就是一千朵郁金香姹紫嫣红列阵迎春的场面，也未尝不可以设想。

古往今来，凡是好大喜功的事业，莫不后患无穷。我种郁金香，结局也约莫如此。

两百粒郁金香，大致分成四排，每排得五十粒上下。为了讲究美观，我的迎春阵采取了略略变形的手法，即长短相济，参差错列，大体布成一个扇面。这样一来，便得开辟非直线而面积在三十英尺长、三英尺宽之谱的一畦八英寸深的花圃。这里的劳动量已相当可观。此外，我住的地方，原是丘陵地改造的住宅区，土瘠薄而岩块特多，别看这小小一方耕地，光石块便运走了满满三手推车。全部工程的大致内容如下：

首先，用圆锹翻土，起岩块，去石粒，然后用锄头敲碎土块，松土，再倒上一百磅腐殖土，四十磅干牛粪，最后用钉耙翻搅梳匀，整片花圃于是变成一块略高于四周草坪的扇面，土质松紧合宜，土色黄中带黑，简直比西点蛋糕还要美丽可亲。照理，从午饭后上工，干到这个地步，天色已经昏暗，该是收工的时候了。可是，人一过四十，最容易犯自不量力的错误，我也未能免俗。屋子里拉出一条电线，就肆无忌惮地挑灯夜战起来。

那一晚，直干到更深人静。

一粒郁金香的鳞茎，如果要保证来年那一朵花丰硕鲜艳，必须挖足口径三英寸宽、六英寸深的一个洞，洞底再撒上一把富磷肥促开花的骨粉，将球根平置洞底，填土压实灌水，才算大功告成。这一道工序同下午的重劳动相比，我自然没看在眼里，然而，劳动量虽然不强，但全部过程都得弯着腰屈身在地里活动，是不折不扣的“埋头苦干”。等我将这道看似简单的工序重复做完两百次以后，双手一撑，居然发现自己的腰部完全失去了伸缩能力，再也站不起来了。

那天夜里，月明星稀，近处微闻邻舍人语，远处清晰传来哈德孙河谷铁道线上夜快车的凄凉笛声。我暗自庆幸，幸好当时四下无人，否则便可以看见一个瘦骨嶙峋、两鬓微霜、满脑子宇宙洪荒、一肚子不合时宜的中国人，在这个犹太人与意大利人聚居的北美洲村落里，于秋尽冬来的夜半三更时分，四肢贴着地面，全身宛若尺蠖，向屋子里挣扎着，缓缓爬去。

美国人称后腰为下背部（lower back），据说，在这个文明昌盛的国家，得下背部酸痛的患者，以千万计，而至今没有任何有效的治疗。这种病，说病又不是病，因为除了如影随形、时时让人坐立难安以外，既无性命之忧，又不妨碍生活与工作的照常进行，连美国人视为生命第一要义的性生活，也一样business as usual（照常营业）。根据现代科学理论的解释，这种病痛，很可以说，罪不在我，而应归咎于人类的老祖宗。原来人体骨骼的构造，依然未脱四肢爬行的猿猴时代，这是人猿直立行走以后付出的代价之一，我们的脊椎，到今天还没有随着生活形态的变迁而进化。直立行动使人体上半身的重量全部压在没有按照这种需要设计的下背部脊椎上，这个薄弱环节出事，便是迟早的问题了。

在时时被提醒距猿猴不远的痛苦岁月里，我自然想方设法、上下求索，目的不外是恢复人的尊严。热水澡、电热器、各类外用油膏、仰卧起坐、伏地挺身、徒手操、伸展运动，一样试完又试一样，遍试不灵之余，只好回头求救于古老东方的文明，于是推拿、按摩、打坐、气功外加北京同仁堂的灵丹丸散和天津狗皮膏药，一一轮番上阵，也都只得三两天的效验。三两天之后，人的尊严还是敌不过猴性，那一阵阵隐隐如绞的感觉，总是悄悄潜回，这立也不是坐也不是挺身则痛不可当弯腰又酸不可言的日子，看来是没有止境了。

又听说，四十腰之后，紧跟着五十肩。或许明年开春，再弄它一畦牡丹瞧瞧！

对秋

秋的肃杀，已无可怀疑地来到！

每年十月上旬，《纽约时报》总会找一位专家写篇文章，介绍新英格兰地区黄叶舞秋风的天下大势。

从九月开始，北美洲的枫红，便以每日五十英里的速度向前推进。想象中，如果在适当方位的高空选择一个位置，看红叶便也像月夜星空之下坐在海滨观潮，有一条东西向的彩色分隔线，弯弯曲曲，起起伏伏，滚动南下。这几天，就是住在玻璃塑胶丛林里的纽约客，若是忘却碌碌浮生，偷闲静观，也不难发现，街头、庭院、公园、市郊的树色，尤其是得天独厚的向阳角落，也已经绿减碧衰，红黄杂陈了。季节的嬗递，以如此鲜明泼辣的手段发出信号而又规模盛大无一遗漏者，据说在全世界，只有北美洲与东北亚有此现象，欧洲、非洲、南美洲与大洋洲都无缘看到这种千里换装的场面。亚热带与热带，自然更是常年笼罩在一片日久也不免生厌的绿色之中。

在我居住的环境周遭，每年迎受这秋色的袭击，虽不至于惊心动魄，然而，阳光无力，树木摇落，草叶凋零，风华萎靡，很难不陷入传统文人的悲秋心境。不过，仔细想想，悲秋伤春，感时忧国，固然不能不说是可爱可贵的情操，里面也往往隐藏误会。

我的墙上，挂着一幅郑板桥的兰草。这是张一尺高、两尺宽的黑白拓片，在古董市场中，毫无价值可言，可是字画本身颇具特色。兰草本素雅，画的是落拓不羁的狷介，兰叶好像不是出之柔软的羊毫淡扫，却似狼毫冲折，有棱有角。也许为了配合这种逆俗风骨，整篇题词竟一反常规，不但由左向右行，而且占了一半篇幅以上。常常对着它看，便慢慢看出其中暗藏的人与物相亲交融的情趣。郑板桥的题词是这么写的："余种兰数十盆，三春告暮，皆有憔悴思乡之色，因移植于太湖石黄石之间，山之阴，石之缝，既已避日就燥，又对吾堂，亦不恶也。来年忽发箭数十，挺然直上，香味坚厚而远，乃知物亦有本性，赠以诗曰：兰花本是山中草，还向山中种此花；尘世纷纷植盆盎，不如留与伴烟霞。”

我也可以算是半个兰友。如果用现代园艺学的知识来读这篇题词，便不免哑然失笑，不得不说几句煞风景的话。

传统文人所谓“兰为王者香”的兰，属于兰科植物（Orchidaceae）的喜姆比地类。喜姆比地兰大致分成大小两种。大种喜姆比地兰原生地在缅甸、泰国一带，株大叶宽而花无香味，俗称“虎头兰”。郑板桥所写以及自孔子以降历代文人雅士自拟君子、王者的蕙兰，原产地分布在中国东南诸省及日本一带。这种兰花，叶片刚柔相济，垂姿优美，花色素雅而有奇香。其所以素享“香祖”之名，是因为“香远益清”这个特点。台湾养兰家董新堂氏曾经报道：“蕙兰的香气近之则淡，远之则郁，这是与一般花香不同的。据研究花香的人说，一般兰花的香气，是直接放射自香囊蜜腺的一种气体，但蕙兰则系放射的小香粒子，好像一颗颗的小炸弹，追随风吹送至相当距离，香弹才炸开来，放射香气于空气中。”如果此说属实，则郑板桥“乃知物亦有本性”之说，似乎暗合物理。然而，“伴烟霞”这个建议，还是似通非通。

小种喜姆比地兰是一种地生兰，自然生境选择在高山向阳岩壁缝隙和东、西、南向的疏林边缘。这些地方，少的是泥土，多的是腐烂的树叶和苔藓地衣，因此，虽然是地生兰，兰根所习惯的却不是一般花卉植物生存的土壤。根据现代养兰家的研究实验，蕙兰完全可以适应盆栽生活，只不过培养它们的植材，必须符合原生生境的条件，植材的选择，除供应营养外，还要求通风、保湿、排水良好。换句话说，这种兰花的本性，与“伴烟霞”一说，毫无关系。过去，大陆的业余养兰家，采用田土、草木灰与鸡鸭粪，先拌和捣碎，再加水团成球粒，晒干后，按球粒大小分层填塞，效果勉强。我一九七七年在无锡一间宾馆的花圃参观，见老花匠种兰，还是用这个办法。近年来，台湾的专业养兰家，将士林红砂（一种多孔隙的火山石）、蛇木屑（一种蕨类植物的树干）和水苔混合使用，效果便好得多。主要的原因，就在于这三种植材的配合，保障了排水、保潮、通风和营养，满足了兰根的“物性”。所以，郑板桥的兰花，原先种在盆中而“三春告暮，皆有憔悴思乡之色”，其实只是植材使用不当，兰根溃烂所引起。移植于太湖石黄石之间以后，由于解决了通风、排水问题，而山阴石缝可能多腐殖土与苔藓，又偶然解决了保湿、营养问题，加上郑氏居处就在蕙兰原生地附近，光照、气温、湿度等条件本就一致，故来年发芽开花，实属理所当然，固与

"伴烟霞""植盆盎"毫不相干也。

总之，这么一分析，我们也就明白，"伴烟霞"其实不是"物之本性"，而毋宁是郑板桥先生胸中早有的哲学。而郑板桥先生养兰事业的成功，不过是个美丽的误会而已。

回过头来，再看周遭风雨飘摇中的红叶，这骎骎袭来的秋色，便也不再那么肃杀可怖。

首先，所谓落叶与常青，就植物生理学而言，便是一个相对的说法。天下根本就没有不落叶的常青树，新陈代谢才是一条不变的规律。只不过，像人们用以形容青春长驻的松柏之属，其旧叶黄落与新绿萌芽，不在季节变换的节骨眼儿上集中搬演，而改成随落随生、随生随落的形态罢了。

其次，就算是旧叶凋零吧，其间也暗藏生机。每一年，北美洲的落叶树，以橡树的变色落叶，后劲最足。往往，当各种各样的大小树木都只剩下秃干枯枝在寒风冷雨中动摇觳觫，橡树高大的树冠才开始从青绿转成黄褐，再从黄褐转成古铜。我的后院便有这么一棵，甚至到冰天雪地的深冬，仍然坚持一身古铜色的树叶不落，一直到来年春天，大地回暖，根部重新活跃时，老叶才在新芽饱胀的顶撞下，飘然坠地。

这样看来，不懂植物生理学的郑板桥先生，实在也并不可笑。他或者是他那个时代不同于一般落叶木的一株高大的橡树吧！

鹡鸰

鹡鸰大概是最黑白分明的鸟。所谓黑白分明，不是说它的道德意识，而是指它羽毛的颜色设计。如果勉强要把它提到人类的道德观念层次来谈，这种鸟的习性，倒确实有点符合当代重新流行起来的男女关系标准。社会学家发现，由于疱疹和艾滋病的泛滥，二十世纪六十年代的性解放运动如今已陷入绝境，再加上新保守主义的兴起，西方社会的男女关系，又逐渐恢复一夫一妻、养儿育女的常规。“爱情长跑”在八十年代的大学校园中重新成为热闹游戏，不禁令人想到我们那个时代的风气：单车盯梢、长期抗战、宿舍站岗、万言情书、山盟海誓那一套。

鹡鸰却是天生信守爱情的愚忠原则，不但一夫一妻到底，而且共同分担饲育下一代的责任，甚至对它们从事生育的环境，也非常执着。每一年，到了天生本能催动时，一定回到当初度蜜月的湖泊，筑巢、交配、下卵、孵卵、抚雏，一道一道地来，绝不乱搞。

今年夏天，到加拿大安大略省阿岗昆公园的加利埃瑞湖边住了几天。有一晚，大约半夜一点钟，推开面湖的窗，忽然听见一串凄凉而又飘忽的声音。第二天问旅社主人，才知道湖上住了一对鹛鹛。看过亨利·方达最后一部电影《金色池塘》的观众，一定不会忘记那一对形影不离的鹛鹛，就是影片所塑造的一对年老夫妻死生契阔的爱情象征。在变化无常的世间，那凄凉而又飘忽的啼声，仿佛是唯一不变的薄弱抵抗了。

鹛鹛应该算是一种水鸟，以鱼虾为主食，兼及水草、昆虫。这种鸟为数不多，地盘性很强，据调查，每一对生育期的成鸟，至少需要一百二十英亩大的湖面，因此，一般面积不大的淡水湖泊中，最多只能支持一两对鹛鹛从事生儿育女的活动。这当然为研究它们的鸟类学家从事监测时提供了方便，它们的栖息繁衍、生存状态同环境生态变化之间的关系，也因此较易掌握、了解。

鹛鹛的体态，似乎介于水鸭和鸳鸯之间。腿生得短，而且生在躯干的后部，走起来一摇一摆，因此筑巢多在近水边不远的杂草灌木丛中，不但取食方便，而且有利于防备浣熊、臭鼬、水貂的袭击。腿的位置，陆地行动固然笨拙，一下水便成利器，潜水游泳不但速度快，变换方向也极为灵活，是一流捕鱼高手的身段。

也许由于这种特殊的体态设计和生态环境要求，鹡鸰的繁衍，不采取大批制造的多产手段。通常，爱情的结晶只有两枚，公母二鸟轮流孵，守望相助。二十八天之后，小鹡鸰破壳而出，一天之内，便可以下水。以后的两个星期最是关键：寒冷、疲乏可能致病、夭折，梭子鱼、乌龟、鹰、鸥则是天敌。一直到学会飞行，鹡鸰的幼鸟必须在它诞生的湖泊环境中生活十一个月，它同其他水鸟不同，因为腿不利于行，幼年期无法通过陆地往别的水域求生活。因此，一对严守一夫一妻制而又必定回到同一湖泊产卵的鹡鸰，其子孙后代的延续，便同这个湖泊的生态环境变化息息相关了。

北美洲东北部一带的湖泊区，目前的鹡鸰生存危机正在日益加剧。根据加拿大彼德波罗城特伦特大学生物系罗伯特·阿尔沃先生的调查，在他监测的安大略省的八十四个湖泊中，有许多湖泊由于酸雨影响，而附近又无石灰石调节，湖水的pH值降到了4.0以下，鱼虾和各种生物大批死亡，已严重威胁鹡鸰幼鸟的存活率。据他估计，这批湖泊中，酸湖与正常湖的鹗鹛雏鸟夭折率，分别为百分之六十二和十四；而且他发现，酸湖区幼鸟的死亡，往往不在关键的前两个礼拜，而在这个最脆弱的两个礼拜之后。这就说明，幼鸟的夭折，很可能是由于营养不良或纯粹是食无鱼而活活饿死。

酸雨是比较晚近才发现的一个严重生态环境威胁。由于矿物燃料使用日增，大量的硫和氮的氧化物放入空气中。这些氧化物升入高空以后，又混在雨、雪、尘埃中降回地面，汇集到溪流湖沼。早在二十世纪二十年代，挪威便发现酸化的地面水域中鱼类大量死亡，但一直到六十年代环境保护运动开展以后，酸雨公害问题才受到较普遍的认识。凡是养过热带鱼的人都知道，水质的酸碱度对鱼的健康、生存关系极大。不过，不同的鱼种也往往有不同的适应能力。有些鱼种由于原生环境水质本来较酸，还非得有酸度高的水不行，然而，酸到pH值4.0以下，能活下来的就不多了。不要说鱼虾一类水生动物，据阿尔沃先生报道，有些北美洲的酸化湖，连水生植物都几乎一扫而光，往往只剩下最原始的藻类。那景象却极为奇特：水色澄澈无比，近看连四十英尺深的湖水都可以一望到底，远看则像一片蔚蓝的海水。水的味道也特别新鲜甜美，除此无他，因为湖水酸化以后，连浮游生物这个食物链的最基本环节，也统统消灭，想象中，几乎就是科幻影片中那种生命绝迹的外太空星球，色彩艳丽，一片死寂，令人不寒而栗。

旅行回来后，匆匆翻查资料，本来只是想多了解一下鹖鹛的习性与生涯，却料不到得出这么一个印象。午夜湖上传来一阵凄凉飘忽的啼声，原属启人幽思的天籁，殊不料其中埋伏的竟是如此惨淡的前景。

一九八五年，为了确证北美洲鹖鹛存活率与酸雨的关系，罗伯特·阿尔沃先生决心选择安大略省苏德伯瑞城东北三十四英里的玛乔利湖去进行近距离观察。玛乔利湖方圆一八五英亩，由两个圆形的湖湾构成，每个湖湾中都有些小岛，应该可以支持两对鹖鹛分别进行孵育繁殖。这是一个酸度很高的湖，连续三年来，阿尔沃先生注意到，他只发现一对鹖鹛，而且，这一对鹖鹛的雏鸟，每年都在孵化两星期以后便忽然夭折。玛乔利湖上，已经听不见蛙声，黄昏时刻也不见鱼跃，连蝌蚪和一般的水生昆虫也不容易找到，湖底生长着厚厚一层丝状藻，像地毯一样。

阿尔沃先生潜行到七百尺附近用望远镜观察，发现，这一年只有一只小鹖鹛，做父母的那一对恩爱夫妻照样依照自己的本能全力抚雏，奇怪的是，它们每次潜水，时间都不长，而且，每次潜水捕获食物的成功率，居然高达百分之九十七！同正常湖泊中活动的捕鱼成功率（百分之二十三）相比较，阿尔沃先生不能不怀疑，小鹏鹛获得的食物，或许不是动物，因为，从望远镜里仔细看，它们嘴上吊着些带状物，阿尔沃先生推论，那或许就是湖底的丝状藻。有几天，阿尔沃先生发现，小鹏鹛独自浮在岸边草丛中，一面向前划动，一面伸长脖子，状似捕食，随后便看见它仿佛努力吞食。可能因为缺乏它生长所需的动物蛋白质，小鹏鹛竟不顾一切，自力奋斗，在草丛中寻找科甲虫，挽救自己的危亡。然而，这最后的挣扎终究未能拯救自己。两个星期之后，阿尔沃先生再回到玛乔利湖，湖上已没有鹏鹛的踪影。

银杏

家里有棵盆栽，算来也有五六年历史。五六年的盆栽，不是什么珍贵稀奇之物，然而这株植物的出身来历却有些不凡，它原来是根蘖芽，而且是偷来的。

不告而取谓之偷。当初取这根蘖芽还选了个月黑风高之夜，车子开到作案地点，故意停在旁边好挡去一半视线，然后，瞧瞧四下无人，跳出车外一铲铲走，身手固然十分矫捷，但那心理和行为的方式却十足是个“偷”字。可是当时也确实无人可告。所以在良心上，我始终觉得是“救”而不是“偷”。

原来这株蘖芽，生在纽约靠近一马路的四十二街街边，是当作行道树的银杏春来所发。我暗中注意，这些蘖芽，到了市政府开始整顿街道春容的时候，便给一一剪除。

如今这小小的银杏盆栽，约有一指粗细，一干挺立，枝叶扶疏，姿态颇不恶。当然，与我当年一见倾心之物，还有天壤之别。

当年初见银杏，在北京西郊碧云寺。同去的朋友介绍说，这株银杏，怕不有七八百年。想到它的发轫，竟与忽必烈汗的万千战马横行欧亚大陆的时代不相前后，能不肃然？

树木虽非万物之灵，却也可以引起万物之灵的人的由衷尊敬。碧云寺那棵银杏，不仅想到它的沧桑时使人生畏，古树的形貌本身，便不由得观者不动容。老皮寸裂近于朽枯的巨干上仍然冒出丛丛嫩绿的枝叶，当时以为，生命的奇迹，无过于此了。后来读周瘦鹃的《拈花集》，才知道人间庭院里还有比这株银杏更古老更顽强之物。据他记载，苏州光福司徒庙中，现存六株古柏，乾隆皇帝曾经从中挑了四棵，命名为“清”“奇”“古”“怪”。树龄都已超过千年，至今（即二十世纪五十年代）仍然浓翠如滴，矫健如常。只是，现在又过了三十年，中间还经过“大跃进”和“破四旧”，千年古柏是否免于浩劫，就不得而知了。

银杏是非常古老的树种，属于公孙树科（*Ginkgoa-*

ceae)，与罗汉松、紫杉一类常青树十分相近，但为落叶乔木，又名白果或鸭脚子。上海人喜欢喝的白果粥，其实就是采用银杏的种子。原来银杏雌雄异株，母银杏所结的果实，落地腐烂时，奇臭难闻，故庭院中多不种植。近年来，由于城市里空气污染，市政专家、园林学家到处搜索抗污染的植物作美化市容之用，不料却发现这古老的银杏居然有此特长，不论烟熏油污，依然欣欣向荣。所以纽约市的街道上，这几年来，不少地区的行道树都换成了银杏。

每年四月初旬，我便习惯在银杏树上看春的来临。不错，连翘花传春讯，比银杏更早，但是，那种色彩鲜丽、姿态炫耀的迎春，却不太合我口味。我还是喜欢看银杏。

大概因为是古老树种，也许在生物演化的阶梯上居于比较落后的地位，银杏的生态设计和生命处理方式，也都比较古老、保守。它的枝干分枝不多，往往一干伸出来，冲出去，便不知拐弯抹角，让人看了，有一种不知伊于胡底的愚拙感。这个，我就喜欢。我平生最讨厌那种见光就拥抱、见缝就钻的植物，而这一类植物，偏偏又居绝大多数，所以难得发现银杏的这一习性，便难免生出知己感。除了直统统的枝干，银杏的细枝树叶也

银杏

不复杂，古老的树种，连轮生、对生这一类的生存竞争技巧也还没有学会，只是往前猛伸，然后沿着简简单单的枝条胡乱生出一些扇子似的树叶来。树分公母，除果以外，还表现在叶形，据说公叶似裤，母叶却像裙子。

每年三月底到街边去看银杏，只见那姿态绝不优美的大手大脚枝条上布着一粒粒半英寸左右的冬眠芽，仿佛一身长着冻疮。这些冻疮，样子像铅笔一端缚住橡皮擦的笔头，形状、大小都差不多。到了四月中旬，地温回暖，太阳也一日日更见精神，某一天，忽然便可以见到那铅笔头上绽出一丝微弱的绿意，于是我心里知道，春天肯定是来了。因为，古老的生物，不到十拿九稳是绝不轻举妄动的。果然，这以后的日子，动作固然缓慢，却是不可逆转。铅笔头日日膨胀的结果，终于有一天在它的尾端爆裂开来，像一朵野花，里面不久就探出来一把、两把、三把……五把、六把薄如蝉翼、色似韭黄的叶子，一把把长得像舞台上白面书生手里轻轻摇着的折扇。

对我而言，纽约每年的春天，便是这千千万万韭黄颜色的折扇里慢慢摇出来的。

银杏树叶，初春、晚秋都是黄色，然而这黄色的调子，两季却不相同。初春的黄，我已说过，如韭黄。虽然苍黄无力，给人以先天不足之感，但同时也带着一股挣扎求生的意志。到了澄黄转绿时，那一树盈盈生意便因此格外可感，仿佛每一片绿叶都来之不易。晚秋的黄却是柠檬黄，像给无力的秋阳穿透，对什么都没有一丝一毫抵抗，风也好雨也好，只求有个归宿。当然，黄叶固然是视死如归，那看似无动于衷的树皮底下，早已做好了深藏不露、蓄势待发的过冬准备，每一粒橡皮头形状的冬眠芽其实都紧紧包裹在革质的鞘叶里。死亡的面具之下，原来护着生机。

这样一说，看树与看人，也便差堪比拟。

这些年来，除了喜欢看树，也不曾忘了看人。看树看人终究是有些相通之处，仿佛树有树品人有人品，彼此都有一套组织、秩序。然而，我虽然喜欢看树也不一定不喜欢看人，但归根结底还是更喜欢看树。

树看多了，看久了，看穿了，便看出些生活浮沉中往往视而不见的道理。人看多了，看久了，却不容易为此怡然自得。举个例说，二十年前看过一个天真烂漫的小女孩，大眼睛闪耀着美好人生，嘴里唱着人生美好；二十年后再看，眼睛变成了三角形，里面隐隐射出一股阴毒。嘴里也许还是唱着人生美好吧，听来却有些凄厉。

我宁愿看天生就古老的生物，如银杏。

大麻王国

二十世纪六十年代末，我参加过一个夜会。主人是中国人，客人则华洋杂处，但都是艺文圈的朋友，地点在当时世界“灵药文化”的首都，伯克利。

屋里漫溢着一股异香，我的迷幻经验程度太差，完全无法辨识。我坐进地毯上的人圈中，不久便传来一支烟斗，每人吸上两口，继续传递，五六圈之后，一个中国近代史专业的博士后白人笑着问我：“你有什么感觉？”我说很舒服，但没有什么特别感觉，没有“高”上来，也没有“低”下去。他笑得更诡异了。“如果我告诉你，吸的是鸦片呢？”

于是我有点感觉了，但那是混合着羞辱与愤怒的理性感觉，与迷幻无关。

烟斗里装的其实是大麻。

那个研究中国近代史，带点种族主义窥阴癖的白人，现在不知道哪儿去了，也许帮CIA分析对华模拟作战的情报吧，那应该是他最合逻辑的出路。然而，差不多三十年后的今天，我真想当面看看他的表情，问他对美国后现代超科技的室内大麻农业的飞跃发展，有什么感觉?

美国已成为世界大麻的供应和消费中心，这已经是无可置疑的事实。据统计，在这短短不到三十年的时间里，美国从一个完全依赖进口（主要从墨西哥）的少数嬉皮进行性灵实验的大麻消费国，变成了基本消费人口超过千万并行销全世界的大麻王国，每年营业额达三百二十亿美元。说大麻是美国最主要的经济作物并不为过，如果你知道，美国玉米的年营业额不过一百四十亿美元，大豆才一百一十亿美元。

通过多年的栽培、品种改良和实验，美国生产制造的大麻，在品质上也是世界第一。华尔街、好莱坞、百老汇及各大都市上等白人的郊区豪宅里，精品大麻的价格可以卖到每盎司三百至五百美元，行家鉴定的得奖品种（大麻业有一个每年颁奖一次的大麻杯）则几乎到了随意要价的地步。不过，业者一般把产品分为“蓝领”

与“白领”两类。前者的品质粗、价格大众化，因为体力劳动者下班后，就想狠狠“冲”那么一下；后者品质精，效果很快上脑，这是白领阶级的需要——飘飘的感觉。今天的大麻消费艺术，早已扬弃那种印第安人原始的抽烟叶的阶段，只采集大麻雌株不结籽的花芽，就跟最上等的雨前龙井只摘一枪一旗同样讲究。这种花芽有个专有名词，叫作sinsemilla（半弯体）。大麻鉴赏家的学问，也与法国红酒的品酒专家不相上下。我读到的材料中有这么一段描写：“这品种有一点阿富汗味（现代大麻改良种的一个主要亲本来自阿富汗的*Cannabis indica*，株小耐寒，烟味厚重），有一种强烈伟大的巧克力感，但就在这种感觉所包围的底层，出来一丝针尖般的刺激，像奶油糖浆……”

一九八九年十月二十六日，布什总统发动了一次剿大麻之战，代号“绿商”（Green Merchant），一个星期之内，联邦探员突袭了几百家大麻生产地。这些生产地其实都在室内，主要是城市里的公寓、阁楼、统间（loft）和郊区住宅的车库与地下室。生产者配备了最现代的灯光（可以提供接近阳光强度与光谱的光管），通风、调湿、调温装置，加上尖端的育种、配种、施肥（一般还加上人工提供的二氧化碳）和加工，他们掌握了在最短时间、最小空间内生产最佳品质大麻的专业知识和技术。

“绿商行动”暂时打击了大麻业的生产方式，但也可以说转化促进了这种生产。

有一个品种叫作AK47（借用武器名），就是说从播种到收获只要四十七天。生产者设计出全套自动电脑遥控系统，除了播种与收获，本人可以躲在世界上任何地方操纵，你可以突袭、捣毁产区，但抓到嫌犯的机会微乎其微。

好品种一粒种子的价格不过三至六美元，在一个电话亭大小的空间里，四十七天之后便可以变成两公斤价值上万的商品。

这个生意，请问你，想不想做？

百事可乐雕塑园

中国人的造园艺术以模仿大自然为主旨。山、水、花、木的布置仿佛是浓缩的地上乐园；亭、榭、楼、阁的构筑，为的是赏心悦目。中国人造园的最高境界不离一个“隐”字，说穿了，就是“关起门来享受”。所谓“公园”，那是西风东渐以后的舶来品，传统园林，绝对是私家产业，即使是大宴宾客的场面，也只能作为扩大的私人活动理解。看一看苏州著名的园林便可以发现，不论围墙内天地多么宽阔，围墙外绝对看不出来，连园门入口都有意做成小户人家模样。

日本人的枯山水庭园，境界也许超脱些，但那种“禅”味，也是一个关门的世界。这种庭园，先天上便禁止任何人涉足其间。

东方园林的私我味之重，突出了东方文明传统的社会层级制度，说明东方社会公民意识的薄弱。

想到这些，是因为我想介绍一个美国大公司的名园。

百事可乐公司的总部就在我住家车程三十分钟的近邻。前几年，朋友告诉我说这个园林值得看看，我还半信半疑，心想一个资本主义营利事业能弄出什么名堂。不料看过之后，彻底改变了我的态度。

这是一个不收门票、完全开放的服务公众的设施，唯一的要求是：不得喧哗吵闹，不得乱丢果皮纸屑。这是一个收藏名家雕塑的露天博物馆，整个园林设计，就是为了配合这些艺术品。

园林面积约一百六十八英亩，原来是个马球场。一九七〇年，名建筑师爱德华·斯东（Edward D. Stone）设计了七座方块形的建筑，块块相连。他的儿子小爱德华是位园林设计师，规划了七座建筑物之间的三个庭院花园。这一带比较适合小型雕塑（计十件），亨利·摩尔（Henry Moore）有两件作品：一九五六年的《斜倚人形》（*Reclining Figure*）和一九六二年的《锁片》（*Locking Piece*）。

整个园林的最初构想其实是百事可乐公司一九八六年以前的董事长唐诺·肯达尔（Donald Kendall）的脑产

儿（brain child）。他从一九六五年起就有计划地收藏二十世纪雕塑大师的作品，目前在园中陈列的大小雕塑共四十二件，最贵的一件是亨利·摩尔的《羊》（*Sheep Piece*，一九七二年），据说保险额超过五百万美元。

一九八〇年，肯达尔请当代园林设计大师罗素·佩吉（Russell Page，一九〇六—一九八五）出面，重新规划这一百六十八英亩的草场。参观过普林斯顿大学和耶鲁大学的人应该有个印象，这两座名校的园林布置有它特殊的庄严朴实而又优美大方的品位，它们就是罗素·佩吉的手笔。一九八五年佩吉逝世，百事可乐续聘名造园家弗朗索·戈芬耐（François Goffinet）进一步规划修整。

百事可乐雕塑园不仅是个陪衬雕塑展出的园林背景，园林经过三位大师的多年经营，本身就是不朽的艺术品。园林造型与素材（花草树木水石等）的组织效应极具特色。进门左转弯进入停车场之前，有一片白杨树林，白杨的树皮与林间小径的取色与构造、线条与色彩俱佳。再过去几十公尺，称为“金园”，从最前面的铺地植物经中间一层的灌木到背景的高大乔木，花与叶，一片金色。我最爱的还是莲花池旁边依坡地规划的多年生草花圃。这里选择的植物不下百种，植株高矮、叶形粗细精密配合，花色则以蓝、紫为主调，配以粉白，从春到秋，此谢彼开，花期不断。我曾写过一个短篇小说，取题《俄罗斯鼠尾草》，就是在这里第一次见到而起意。这种如烟如雾的灰蓝碎花，就开在米罗的作品《人形》前面。这个人形有点像E. T.（外星人），两两相对，效果荒诞而遥远。

雕塑中最老的是罗丹的《夏娃》（*Eve*，一八八一），最新的是罗伯特·戴维森（Robert Davidson）的《图腾》（*Totems*）。名家作品在此无法一一介绍，这么说吧，看一看意大利雕塑家波莫多洛（Arnaldo Pomodoro）那两件，就不虚此行了。

黑猩猩与蓝纹鱼

地球所有动物中，黑猩猩可能是人类最亲密的近亲。生物学家发现，黑猩猩的遗传基因，百分之九十八与人类相同。这个人类的表兄弟，现在已濒临灭种边缘。

四十年前，一个英国中学女生珍·古德（Jane Good-all）下决心把自己的一生献给黑猩猩，她的诚意感动了世界知名的人类学家路易斯·李奇博士（Louis S.B. Leaky），帮助她在非洲中部布隆迪西北部的基比拉森林（Kibira Forest）建立了研究站。珍·古德是第一个发现人类以外的其他动物使用工具的人。她观察并记录了黑猩猩利用树枝草叶伸入白蚁洞中钓取幼虫作为食物的过程。在比较粗糙的层次上，她甚至断定黑猩猩具有制造工具的能力与意识。草枝的形状与长短粗细往往必须经过一定程度的修改，才能更有效地完成钓取白蚁的生产动作。黑猩猩不但知道怎么做，而且，珍·古德发现，成年黑猩猩还会教育幼小黑猩猩模仿学习。因此，这种生产活动是在意识指导下代代相传的技能，不是单纯的本能。

一九八九年，珍·古德在各方资助下建立了珍·古德研究中心。我曾经两次看见她上NBC的《今夜秀》访谈节目。强尼·卡森显然比他目前的继任人关怀面广。为了跟CBS的大卫·华特曼（David Letterman）打对台，杰·雷诺（Jay Leno，卡森退休后的《今夜秀》主持人）成天动歪脑筋，专搞后现代的无聊笑谑。这当然是闲话，然而，不能不想到其中的一些关联。举例说，珍·古德研究中心，目前的预算每年只有三万五千美元，要发二十个当地员工的薪水，养两部车，维持两间房子的费用，还能剩下多少钱做研究调查，实在可疑。

黑猩猩的命运象征还不限于这个可怜的“研究中心”。布隆迪是非洲人口密度第二的国家，每平方千米有两百六十人，百分之九十的布隆迪人是农民。农民基本上把黑猩猩看成自己生计的竞争对象，人多地窄，黑猩猩的残余生境基比拉森林便成为农民侵占掠夺的目标。据统计，这片森林的面积，从二十世纪六十年代到现在，不过三十年，由于滥砍滥垦，已缩小百分之五十。

布隆迪政府虽然号称实施保护原始森林的政策，这个政策有多大实效颇成问题。读者如不健忘，该知道一九九四年在北邻卢旺达发生过图契（Tutsi）与胡图（Hutu）两族火并的灭族内战，几十万人丧生之外，又造成上百万人的流亡，其中几十万人就逃到了布隆迪，在接近基比拉森林的布隆迪北部建立难民营。难民煮饭烧水免不了砍柴，基比拉森林，也就是黑猩猩的最后生境，因此加速度缩小。

二月初，珍·古德研究站的工作人员伪装成观光客，到布隆迪首都布仲布拉市场上去逛，发现有人在卖黑猩猩，每只要价数百美元。这价钱，在战乱流离的中部非洲不是一笔小钱，看来在市场因素刺激下，偷猎黑猩猩的事业正在起飞。

黑猩猩的厄运同卢旺达两大族群火并固然关系密切，但人类的族群火并却为另一种动物带来了好运。

有一种珍贵而稀有的热带鱼，学名叫*Paracyprichromis nigripinnis*，我管它叫蓝纹鱼，因为它全身肉色半透明，隐隐现出五条长短不一、点状连续的靛蓝线条，由头部贯穿到尾鳍，美丽绝伦。尤其是雄鱼发情时，全身所有鳍翼上都发出奇异的靛蓝光彩，霓虹灯似的光彩。

这种鱼，原产在中非的坦干尼卡湖，布隆迪的首都布琼布拉原为采集外销中心。

读者也许不知，布隆迪人主要也是两大族群，图契与胡图。由于邻国卢旺达族群火并的影响，两族分别同仇敌忾，布隆迪的族群斗争也逐渐表面化，目前已到内战一触即发的地步。正因为人类热衷于自相残杀，动物世界也便有幸有不幸。黑猩猩成了劫后余生的人类维生手段；蓝纹鱼却因为战乱封锁了边界，外销生意中断而有了重新繁衍的生机。

蓝纹慈鲷

上文略微谈到坦干尼卡湖的蓝纹鱼，意犹未尽。

应该从我跟这种鱼的偶遇谈起。

书生论政，所以一切从书开始。

五年前，一个偶然的机缘，开车经过新泽西州，因为塞车无聊，眼光接触到路边一方小小的广告牌，遂跟着这块广告牌上的指路箭头，一路开进了“新泽西州慈鲷鱼协会年度大展”的场地。那是借“假日旅馆”的会议厅改装的展览馆，气氛相当奇特。

一群鱼疯子，天下事的最爱就是养各种各样的慈鲷。

每一位会员守着自己的三五架水族箱，跟任何表示有兴趣的观众无微不至地讨论他们心爱的宝贝，从大环境的各种条件，例如原产地的风俗、地理、人情、气候，到小环境的各种要求，例如设备、水温、水质、选种、人工交配、喂养方法……只要你有兴趣，他们绝不藏私，苦乐哀喜，全部经验一一奉告。

我那时候，老实说，段数还差得远，兴趣虽有，并不十分浓烈。感觉塞车应该疏通，便随手买了两本书离去。其中的一本是康宁斯（Ad Konings）写的 *Tanganyika Cichlids*（《坦干尼卡慈鲷》）。

一看书，便中了魔。

特别是第二百五十三页下方的一张彩色照片，睹物思鱼，从此念念不忘。

然而，到哪里去找呢？

我遍访纽约、新泽西和康州这个三角地带车程一两小时以内的所有水族店。想想看，这个旅程并不简单，得翻电话簿、查地图、定路线，还得骗老婆说办公室有些未了的公事等等。可是，芳踪杳然！

我又到几个公办的水族馆去找，依然无迹可寻。

于是，一狠心，写信，缴钱，参加“美国慈鲷协会”做正式会员。这个协会每两个月出版一种刊物，叫作《贸易站》（*Trading Post*），供会员交换资讯，买卖稀有品种。

终于在四年前一个冰天雪地的冬日，开车到肯尼迪机场的货运部去取“货”。货箱里有两个充氧密封的玻璃纸袋。装箱的主人考虑周到，除保暖防震的赛璐珞填料外，还摆进一个陆续发放的散热器。玻璃袋里一共七条蓝纹慈鲷，货主注明拉丁学名*Paracyprichromis nigripinnis* F2。所谓F2，即指从野生鱼人工繁殖的第二代。

四年于兹，我的养殖事业成绩不算太差。除其中一条公鱼因鱼缸滤水装置的虹吸管破裂被误吸进去壮烈成仁外，我的F2两公四母全部长大成鱼，而且繁殖了三十多条后代。

养这种鱼需要一些知识，还得有点耐心。

蓝纹慈鲷是所谓的口孵鱼（mouthbrooder），这是生物演化过程中介乎卵生与胎生之间的一种过渡形态。鱼类没有子宫，所以绝大多数的鱼采取“卵海战术”作为绵延本种的生存策略。举例说，大家熟知的锦鲤，一次产卵五六十万粒。这个策略的缺点是，要制造这么大数量的卵，就必须吸收大量的营养资源。蓝纹慈鲷身材不大，成鱼不过四点四英寸，容不下那么多资源，坦干尼卡湖的营养源也不多，只好革命。母鱼在口腔后部发展出一个孵卵袋，每次产卵不过五六粒，但每粒卵的体积很大，先天营养充分。雄鱼发情时体表发出靛蓝电光，游到雌鱼身边挑逗，身体如电一般痉挛舞蹈，两条鱼游出鱼群，并排倒立，肌肤纠缠相亲。卵产出后的下沉过程中，雄鱼射出一股白色浆雾，在体外完成受精。母鱼随即将受精卵含入口腔。在水温八十二华氏度的条件下，大约四十八小时孵化，但仔鱼在母鱼口腔内生活二十一天才游出母亲体外开始独立生活。

最好玩的是，在危险期未过前，如果轻轻敲缸，母鱼感觉威胁，会发出信号，张开大口，仔鱼立即成群结队游回母亲口腔内避难。

春烧

演完《金色池塘》之后，记者访问亨利·方达。有一个问题，我想中国记者肯定不会问：“你最后的愿望是什么?”那时候，大家都知道，身染绝症的银幕硬汉，恐将不久于人世。

也许是西方文化不兴忌讳，也许是方达这个人，总之，他的脸上不但看不到不悦，反而有一种笑意。你知道，方达家庭的笑是很独特的，嘴唇内敛，眼角出现鱼尾纹，念珠似的眼球放射一种光彩，脸上的肌肉则仿佛不会动。似乎很尴尬地告诉你：“对！我很快乐!”

老方达的回答，多年前无意中听到，却至今未忘，特别是每年开春时节。他说：“我还要回加州，每年的‘春耕’我不想错过!”他用的是“spring planting”这两个英文字，直译应该是“春种”。

没经验过春烧（spring fever）的人，就是听懂了他的话，也无法揣摩他心里的跳动。合演《金色池塘》的凯瑟琳·赫本一定了解，她目前仍然守住一大片林园，在东部这一带的康涅狄格州。

我不明白的是，为什么选加州?

美国东西两岸我都住过，当然，各有各的好处，但要讲到春天来临前后空气里那种让人发烧的感觉，西部差东部远矣。

首先，哪里有压迫，哪里就有反抗；没有冬天那种严酷的镇压，春天的解放不过尔尔。

每一年，这一场热病，大概从三月底开始。其时，地还没完全解冻，一英尺以内的表土层，连蚯蚓都找不到，然而，已经可以感觉到一点点温度了，不信挖开地面，埋在四英寸左右的番红花球茎，略有鼓胀，蠢蠢欲动了。

到四月中旬，两场雨三天太阳，地面积雪化成春水泛滥，你会发现柳条上的冬眠芽即将开眼，千丝万缕初现金黄。这时节，冷寂了整整一冬的耳膜，捕捉到零零落落一些怯怯的啼唤，是知更鸟？金翅雀？蓝樫？还是取道回加拿大的过客？我不能确知，因为，一切还在试探之中，一切还笼罩在灰黑青白的半睡半醒状态。只不过，你的身体，开始增温。

五月初以后，天摇地动，魔术师的灵棒飞舞，颜色和声音，每天有新的组合。每天醒来，都是新世界。五月初以后，你看到的每个人，脸上都写着两个大字——春烧。每个人走路，都用脚尖点地。

然而，美国东北部的春烧，究竟与沙漠气候的加州不同。那里的颜色蜡蜡的，声音干干的。这里比较温润，有水分。我最爱还是五月中旬的微雨天，端一杯龙井，看满树蓓蕾的垂樱，老干横斜，渐渐沾湿，在粉红嫩绿的包围中，变成青黑。

这就让你想起简·方达的笑，那里面有青春岁月的反战之怒，有中年离丧之苦，有飞黄腾达的无味，有错误反悔与懊恼，尴尬地说："我很快乐！"

到底还是老方达的笑可爱。谦和、温柔、自足，像"五月照水"（樱花品名）的瘦黑枝条，所望无多，但求留下几个活眼，再支撑到下一个春天。

我想，这新铸的两个字"春烧"，因此与日本人的"夕烧"不同。老方达可以做我的注脚。

一个人逛苗圃

我喜欢一个人开车，上郊区各处的苗圃去逛。有时候，兴之所至，直逛到苗圃关门，甚至没有了天光。

逛苗圃当然有伴比没有伴好，如果一面逛一面讨论心得，分享乐趣，肯定更有味道。然而，我至今还没有遇到乐此不疲的人。

川端康成据说喜欢一个人逛（或称散步），但他的旨趣，好像有些不同。有本书记载过一个故事，说他看中了一株姿态、造型很好的常青树，坚持买回家，即使苗圃主人劝他忍耐，因为不是移植的季节。如果我记忆不错，川端并没有为树的夭折懊恼后悔。我相信他的欲望，在树到手看上几天之后，便已得到满足。

这个境界，我自叹不如，但是我逛苗圃，态度比他虔诚。

逛苗圃与游园林不同，它不是纯粹的怡情享乐，你必须有强烈的求知欲望。

每一年，从春初到夏末，是我的游学季。秋天的味道，空气里一出现，我便开始减少活动，不是因为求知欲忽然降低，是因为光线与温度的变化，让人裹足不前。当苗圃管理员从温室里把盆菊与圣诞红搬出来陈列、兜售的时候，那种光线与温度下的颜色，在北温带的这个异乡，岂止是凄怆两字可以了得。不过，要搜求最好的日本枫品种，这正是最重要的鉴定季节。初春的日本枫，几乎无一不美，秋凉后，特别是对着斜射的阳光，真正的Blood Good（日本枫品种之一，或可译为：真血红），简直就像一树透明的血手印。

在我寄寓的这个地区，根据多年累积的经验，我大概摸索出三条最好的游学路线。每年开春走的第一条路线，由五六家专营或兼营球茎植物和一年生草花的苗圃组成。在这条探春的路线上，我通常只看不买。一年生草花买了划不来，雪化前在室内播种，五月霜期一过再移种室外，所费不到百分之一，效果毫无差别。买球茎则应该在中秋至入冬之前，这一类植物摆在盆钵里展示，逗引寻春客连土带盆买回家观赏。但这绝不是欣赏球茎植物的正宗方法。看不到雪将融未融的地面上成片绿芽破土而出，看不到料峭春寒里成团彩卉引来第一批蜂蝶，球茎植物的意义丧失大半。有时候，过程比结果重要。

如果只看不买，春游的目的何在？

确实是为了“学”，为秋天的采购做些准备。必须趁这个季节寻找只看过图片未见过实物的品种，把特点记在心里，把学名、俗名记在本子上，等入秋前各种邮购目录寄到后，做一个有教养的顾客。

我瘾头最大的其实不是这些，所以每年必跑有点仪式的意味，仿佛必须经过这道程序，才能把精神状态调整到恰到好处，然后，正式出发。

每年的重头戏，对我而言，是温带杜鹃、日本枫（中国称槭）和多年生草花。这里面的学问可大了，也许以后有机会慢慢谈。

逛苗圃本来不必一个人，逛久了却又觉得，还是一个人好。

日本枫

前文（《一个人逛苗圃》）提到我逛苗圃摸索出来三条游学路线，因篇幅所限，只勉强谈了一条。现在再谈一条。

这一条，应该叫日本枫路线。

近一个月，美洲东北部地带，已是枫红千里黄叶舞秋风的凄艳世界。两星期前一个礼拜天，恰好老同学来访，又逢万里无云，遂共驱车循哈德孙河谷蜿蜒北行，沿路一面叙旧，一面观赏河谷、丘陵和乡野人家庭院红黄杂陈的秋叶，尽兴忘返而不知昏暗将至。美国东部原生种的银枫、东部枫与糖枫，树形高大宽厚，叶色每因光照、温度与水土干湿而株株不同。甚至同一株树，每年有风格迥异的展出，颇耐人寻思。住家附近的高尔夫

日本枫

球场旁边，有一棵腰大十围的糖枫，由于百步之内无一物可与其比高，配以巨石衬底，芳草绵延，遂形成唯我独尊的形象。每逢秋天都去拜访它几回，而它的演出，的确变化万千，就像人到了老之将至前后，忽然奋起，把蕴藏压抑多年的七情六欲，来一个总爆发，每一片叶子都是生命历程里一种记忆的展现。

跟这样的枫红景观相比，日本枫的世界，不免小家子气了。

然而，小有小的美。

我爱上日本枫，可能是耽读日本小说带来的机缘。日本小说里每每写到春初出门看幼叶的场景，年纪轻时读到，不免不知所云。年轻的人，只合赏花。眼力虽然鲜活尖利，却需要逼入眼帘的姹紫嫣红，才能唤起注意。赏幼叶，不能只靠眼睛，必须心随意至。

日本枫的幼叶，最能说明这种情境。尤其是多裂叶族群（dissectum group）的一些品种，如此间常见的“常红”（Ever Red），春初叶芽展开之前，叶未成片，多卷曲内弯，呈深紫红，表面包裹着一层银色的短柔毛，仿佛子宫内略略成形的胎儿；而多裂叶族群的树形，因细枝有天生扭曲下坠的倾向，整体植株因而为瀑布状（cascading）。不是崇山峻岭青苍草莽间一线银白那种国画家偏爱的瀑布，也不是尼加拉瓜型的万丈飞瀑，而是水漫磐石四散奔泻的园林造景，你能想象四散奔泻的水花都变成紫红的胎儿吗？

“常红”虽然有这些优点，它的缺点却无可弥补。叶色在春深后转成暗红，入夏以后，特别在无荫蔽的阳光直射环境中，可能变成铜黄带绿，其实生命旺盛，却令人不耐。

真正三季常红的却是美国人自己培养的一个品种，叫作“绯红皇后”（Crimson Queen）。虽然没有发芽阶段那种柔毛轻裹、卷曲外展的特点，色质却浓郁细致得多，甚至在一百华氏度的高温下也不变色，叶片深裂的程度则更彻底，裂片（lobes）长达九公分，发枝出叶茂密，配合矮壮弯曲的主干，整株树形极为优美。

日本枫主要有两种，学名分别为*Acer palmatum*和*Acer japonicum*，是一种基因极不稳定的生物，突变率颇高，原生地在日本及其邻近地区，中国与朝鲜半岛也有分布，但品种远不如日本本岛繁复。也许是因为日本枫这种天生易变的品质，加上日本传统园艺讲究叶色变化（兰花的叶艺文化就是日本人创造出来的），早在江户时代，日本人已经漫山遍野搜求奇胎异种。公元一七一〇年的一本园艺书记录了*palmatum*的三十六个品种。到十九世纪末期，正式培养的品种已超过两百五十个。

因此，赏日本枫绝不止于幼叶一途。有一个品种叫作“蝴蝶”，在绿色统治的夏天，它的叶片却是粉红、淡黄、嫩绿斑驳，若一树彩蝶飞舞。冬天叶落，一种称为“珊瑚皮”的品种，虽然只剩秃枝横斜，树皮却变成珊瑚红。尤有奇者，似乎天越冷皮越红。在白雪铺地的冬日，庭院中一树珊瑚如火焚，老怀不无安慰。

所以，言归正传，我的第二条游学路线，主要就是探访日本枫的踪迹，当然，除了苗圃，远近知名的林园，也是不能不去的。苗木固然可喜，总不如老树经看。此间有些历史悠久的坟场里，居然有上百年的日本枫，其姿态之完美，简直到了造化神奇、生死浑忘的境界，不是高大壮美的美国枫所能比拟的了。

日本枫补

前面写日本枫意犹未尽，再补一篇。

这两天，秋深欲绝，冬尚未至，篱边一株原生种的日本枫，因为小环境特殊，上有大树庇荫，四围多杂树屏障，风雨不至，光照薄弱，竟在同类纷纷凋零后，才开始它渡向死亡的换色之旅，形成了周遭寂寞我独沉醉的遗世风姿，不免深情注视，难舍难分。

谈到日本枫，最大的遗憾是从未在适当时节到京都附近山野一游。我的游学路线，仅限于美国东北部住家附近的园林、苗圃与邻居的庭院，自然“学历”有限。此外，美国东北部一带的园林，很少重点搜集，偶有栽培，亦聊备一格而已。纽约附近的布朗克斯植物园，不过七八个品种，唯一的好处是树龄老大，姿态已臻成熟，有骨肉停匀之美。布鲁克林植物园则规划了一个日本式庭园，沿人工湖附近的高地布置了一片枫树林，秋深站在湖对面隔水相望，也不乏情趣。长岛植物园（Long Island Planting Field）原为世家大院遗迹，以广垠草地配欧洲紫叶山毛榉巨物临空构成独特风景线，日本枫和各种樱花，为春秋二季之陪衬，似有实无。老伟斯伯瑞花园（Old Westbury Garden）的菁华则在于英国传统的多年生草花圃，更非赏枫佳处。纽约附近的几家著名苗圃，多年来推广日本枫不遗余力，特别是上州威斯彻斯特县的玫瑰谷苗圃（Rosedale Nurseries）和长岛拿骚县的马丁·微野特苗圃（Martin Vieitte Nurseries），不但选种讲究，嫁接工作也做得极好，特别是玫瑰谷沿溪岸培养的一批深裂叶族群，年深日久，老木参差，多仙品。然而，要价动辄以千美元计，主要供应大公司的园林规划，升斗小民如我，只能前往朝拜，远观近玩，绝不能动带回家的念头。何况，这种神物，该有几十亩绿茵草地相配，小门小院种之，徒增暴发户的丑态。

要深入日本枫的世界，上面提到的这种大苗圃，还有天生的缺陷。由于经营理念和客户对象的限制，选种虽精但类不宜多，只以商业市场上证明有推广价值者为主，然而日本枫品类繁多，各有特色，绝大多数的冷门品种，不可能冒险供应。这几年，我发现俄勒冈州有一家专门经营高山和矮种稀有植物的苗圃（Siskiyou Rare Plant Nursery），目录上登载着十几种别处难得一见的日本枫，但多为植株六七英尺以下者，取价也不高，倒是适合我们这种小鼻子小眼的门面，不过，从邮购收到的实物，率皆五六英尺大小，得有十年树木的耐心才行。

这就又让我想到另一件憾事。

也是俄勒冈州（莫非Siskiyou有近水楼台之利?），美国第一号日本枫迷沃特里斯（J. D. Vertrees），同俄勒冈州立大学农业推广部合作，在他的实验苗圃（位于俄勒冈州的罗斯伯里）中搜集培养了近两百个不同的日本枫品种，而且数十年心血投入，交配出不少新种，其中一个奇种，命名为*Acer palmatum* "Koto ito Komachi"（中文似可译为：古琴弦）。据他自己介绍："叶通常五裂，极狭长，裂片最宽不过一毫米，窄者半毫米，近柄的半段卷曲，叶片伸展不在同一平面，裂片弯曲度各不相同……"从图片上看，整体看来像红、绿、黄一团乱丝纠缠，但也许叶绿素极度匮乏，寻找阳光的本能也便格外强烈，叶片的扭动舒展自然形成一种空疏有致的形态，故乱中有序。这个品种，自然还不到推广的时候，只能借沃特里斯的书过一过干瘾。

谈到这里，你应该明白，凡日本枫迷，不能不备一本圣经，就是沃特里斯毕生之力的大作：《日本枫》（*Japanese Maples*），俄勒冈州的木材出版社（Timber Press），一九八七年第二版。

杜鹃

杜鹃或许是花类社会的普罗阶级，数量大，生命力顽强，而且，只要不是开花季节，便没有人注意。我一向不把杜鹃看在眼里，至少，从来没把它看成一个值得重视的个体，直到有一天……

那天，开车路过一个深宅大院，在隐约可见绿草如茵的篱外，一棵老树下，发现了至今不得其名的紫花杜鹃。那天的光照强度与角度也恰好，花瓣因而呈半透明色，又因为是个叠瓣品种，加之着花繁密而似不见叶，整株形态更由于老干弯曲新枝横斜而产生了完全不似杜鹃的效果，一时惊艳，竟停车绕树盘桓良久，从此在脑海中深印下它的整体形象和花、叶的细节。

这株品种的叶形与一般杜鹃稍有不同，介乎梅叶与柳叶之间，叶面光泽不多，可见绒毛。从各方面判断，我觉得它可能是所谓的高丽杜鹃的一个改良种。高丽杜鹃园艺界称为*Rhododendron poukhanense*。我知道美国五大杜鹃专家之一的约瑟夫·盖博（Joseph Benson Gable，一八八六—一九七二）曾经用它做亲本，产生过许多杂交种，有的流入市面长销不衰，如目前每年开春第一个开花的单瓣紫花和单瓣粉花品种。但有些品种却可能因为市场规律，即使本身有其特色，却难以流传。我相信我看到的就是其中之一。

那年夏天，杜鹃季节的热潮已过（虽然也有夏鹃，但杜鹃开在夏天实在毫无味道），我就到各处苗圃去逛，果然给我发现一株，而且因为既无品名又没有花，苗圃主人居然半价卖给了我。这一株，目前在我的园中已长到六英尺高，宽度也不下五六英尺，开花期较一般的*poukhanense*晚两个礼拜，极为艳丽。我估计它所以受人冷落主要在于人们缺乏耐心。这个品种要长到好看至少得挨上五六年，头几年枝瘦花稀颇不经看，尤其因为是叠瓣的关系，每一朵花颇似山茶花，细枝又软，竟不胜负荷，姿态突兀，得养到整体植株丰满，枝干老化，境界始出。

没耐心的美国人最中意的是PJM。所谓的PJM，也是一个品种名，是另一位育种家爱德蒙·墨济特（Edmund Mezitt）的作品。他父亲名叫Peter J. Mezitt，PJM即是纪念其父的代号。跟我那棵紫花杜鹃不同，PJM每年紧跟着高丽杜鹃开花，花色浓重，在初春时节的微绿和乍暖还寒的天气里，有点像喝加冰威士忌，没精神也呛出精神来。这个味道，老实说，我并不喜欢，尤其看到家家户户都在门前墙下埋着一堆抢出风头，因此至今拒之户外。

杜鹃文化在英美不是小事，大家都知道英国的名园艾克斯伯瑞（Exbury Garden），这是罗斯查尔德爵士（Lionel de Rhoschild）的贡献，现已成全世界杜鹃爱好者的麦加。美国杜鹃社（American Rhododendron Society）会员上万，在全国各地设有分会，除出版刊物（*Journal of A.R.S.*）组织花展外，这批疯子主要的人生大事就是交流知识和品种。这一类的会你我都没法参加，不是别人拒不接纳，而是根本听不懂他们的“行话”。但是，如果你有心，想配出纯黄色耐寒（到零下二十五华氏度）的新杜鹃种，并使你的名字永垂不朽，那就必须参加。这个俱乐部每年配出的品种以百计，当然，要想让你的作品普及到一般人家的庭院里，又是另一个故事了。

再说一个故事。

如今遍植世界各地的新杜鹃品种中，一个有名的系列叫作德克斯特系列，来自查尔斯·欧文·德克斯特（Charles Owen Dexter，一八六二—一九四三）。此人原为纺织界大亨，六十岁的时候，急流勇退，不赚钱了。一九二〇年，他在马萨诸塞州买了一片荒废的农庄，把自己最后二十三年的生命全部投入杜鹃的育种繁殖中。他的目标就是为美国最寒冷的地带培育更多的耐寒品种。不仅耐寒，而且能抵挡新英格兰地区的夏日干旱和酸性较低的土壤。有十五年时间，他每年配出大约一万个新种，并为它们做详细的记录，一共培育出二十多万个新种。当然，这些新种不可能全部留传下来。一九四九年五月，他死后六年，一群积极分子组织了德克斯特研究会，在纽约植物园发现了一批（大约一百种苗木）。其中一个无命名，只称“六十七号”，花色浅粉透明。研究会会员保罗·沃斯伯格（Paul Vossberg）为之心动，获准剪下几枝回家做了扦插。幸好有此一举，因为不久之后，“六十七号”给水淹死了。沃斯伯格为它取了新名Scintillation（火花闪烁），颇能传出此花韵味。

我目前最喜欢的还是内行人称之为yaks的品种。这名字不好译，原因是yaks为*yakushimanum*的昵称。

*yakushimanum*的字源是Yakushima，即日本的屋久岛。不错，这些品种的亲本来自屋久岛一千五百至两千五百英尺的山上，是个生长极为缓慢但枝叶极为紧凑的生物。花蕾初现时如红宝石，次第展开后，红色渐褪，终绽放为纯白，其白如和阗羊脂玉，故半闭半开时最佳。

花非花

前两天，在报屁股上看到一段新闻，大陆一些有关单位正在选国花，主要两个意见：一种意见认为牡丹国色天香，足以代表堂堂大国；另一种意见主张以多取胜，春夏秋冬，各选一种，牡丹也上了榜，但与荷、菊、梅并列。这样一来，一年四季都有国花盛开……

中国人爱花，大概是毋庸置疑的事实。每天春夏，你只要往任何著名的园林去走走，游客中，中国人的比例绝对最高，这不只是为了省钱，省钱的玩法多得是，黑人便很少逛园赏花，他们宁愿在公园草地上扔足球（美式足球可用手扔），到树林里烤肉。园艺学家统计过，人工培养的花木之中，中国文明系统中保存遗留的品种最多，只需查一查拉丁学名中以sinensis命名的有多少就明白了。

我有时想，也许是农业传统的关系，吃穿药用都不免在植物身上动脑筋，无意间为人类世界留下了不少早该绝灭的物种。前年在四川的成都平原一带参观，发现许多人家屋顶上放着些旧脸盆、破瓦罐，里面种着芦荟（aloe）。当时颇为吃惊，因为芦荟是干旱地的多肉汁植物，绝非四川土产。美国的时髦少妇，流行在窗台上养几棵，目的不完全为了观赏，却与美容有关，据说其叶汁有治疗脸部皱纹的奇效，有些化妆品采用作为原料。后来问陪同，才明白四川人并不是讲究时髦，而是用来治感冒、腹泻。

选牡丹为国花，应该是纯粹出于审美吧。谁都知道，要讲美艳，牡丹确实足以称王。仔细推敲，似乎也不尽然。

中国人爱花固然是事实，这个爱，却经常掺杂附会其他不相干的感情。

就以前面提到的四种国花候选者论之。

中国人看荷花，立刻想到“出淤泥而不染”，于是牵连到品格高雅的名士风骨。菊花自然与归隐认同，梅花便成了“越冷越开花”的人格见证。如果这些意见由英国园艺学家来分析一下，他可能会告诉你：荷花因为生长季节短，花形巨大，没有底下的肥泥，无从取得足够的能量来源，所以非出淤泥不可。菊花的开花机制，决定于日照长短，温室培养，以黑布蒙罩，缩短光照时间，可以控制菊花在任何季节开花，与归隐何干？梅花原生地在中国秦岭以南，越冬温度超过限度，必死无疑，哪里谈得上“坚贞”二字？它开花的季节，在樱桃科（梅花学名为*Prunus mume*，*prunus*即樱桃科）中最早，一方面受制于秦岭以南一带原生地的气候条件，主要还是由于生存上的策略选择。开花期早，自然减少竞争对手，有利于种族繁衍而已。

牡丹勾引出来的感情最不可理喻。李白写诗、杨贵妃赏花的故事，早已深植人心，自是始作俑者。李白写的两句诗“国色朝酣酒，天香夜染衣”，使人一看牡丹便联想到荣华富贵，变成了农业社会匮乏经济体制下所有穷人的共同白日梦。牡丹原生在陕西、四川、安徽、河北、山东一带溪边山野的多沙质土壤，花大、色艳、香浓，无非为了在较短的开花期间（一星期左右）极力争取传粉的昆虫，是一种极度紧张的争生存的斗争手段。这种生命情境，真正传达的讯息，恰好与几千年来社会底层劳动大众一抓住机会就赶快繁殖后代的命运相一致。荣华富贵、国色天香云云，岂不正好是反讽？我不知道大陆选国花的委员们是否考虑到牡丹的这种普罗性格，在商业大潮席卷一切的今天，看来是不可能了。

看花事虽小，也有个本末之分。我欣赏的还是西方人的态度。加利福尼亚州选野罂粟为州花，就比较有道理。加州本是干旱沙漠地带，春天一到，漫山遍野一片罂粟花怒放，真让你有愿意死在这片土地上的感觉，这花，便因此永远生长在你的心坎里，完全用不着联想任何不相干的人事问题。

后记

两种文化观

《园林内外》即将出版简体字本，编者嘱咐我写篇《后记》，直接跟大陆的读者说几句话。这个建议，本来怀疑，会不会画蛇添足？因为已经写过一篇《无果之园》，作为代序，书中的文章，也借机发过一些议论，题外的话说多了，难免担心自己多嘴。然而，全书温习一遍，确实发现一些问题，站在读者的立场设想，如果就这么直通通地丢在大家面前，作为作者，是有点偷懒的嫌疑了。

写书的人，应该尽量避免读者阅读时无端产生的隔阂，否则就是不负责任了。

这本书，有没有制造“隔阂”的可能？

反躬自省，不但有，而且还可能相当严重。我觉得，至少有三点，应该说明一下，设法帮助读者排除阅读障碍，恐怕是义不容辞的。

第一层障碍，跟我的生活环境有关。

我出生在江西，八九岁随父母迁居台湾，大学毕业后赴美读书，然后，大半辈子在美国的东西两岸生活。尤其是最近这三十年，书中谈到的知识和经验，绝大部分离不开这种特定环境的影响。

如此特殊的生活环境，我可以想象，对于国内的读者，必然形成阅读上面的心理障碍。

国内有多少人，有可能花上三十年的业余时间，把一块面积大约一英亩的土地，从接近荒地的状态，改造成自己拥有的私家园林？这不是天方夜谭吗?!

我只能这样解释：在这里，只要有心，任何中等收入的上班族，都不难办到。当然，你得排除许多其他的诱惑，准备每天多花一两小时通勤，还得认真读书学习，养成自己动手的习惯。

对照目前国内的现实情况，这种生活方式，我认为，也许程度不同，照样可以成为自己的选择，只要下决心，拒绝别墅式的小区文化，不怕搬到荒郊野外去。此外，即便是住在大楼公寓里，利用窗台或日光灯，经营属于自己的“植物世界”，早已是现代都市人“绿色运动”的一部分。纽约曼哈顿人称“玻璃水泥丛林”，但是，有人发展“天台森林”，有人在“统楼”（loft，一般是艺术家将废弃的仓库或工厂改造成大统间式的居住和工作空间）里创造“热带雨林”，还有人在地下室搞生机蔬菜园。

运用之妙，存乎一心。

第二层障碍，涉及本书谈到的多数植物品类。

中国人爱花，园林艺术在中国，历史悠久，独具风格，这都是不争的事实。西方园艺界一向承认，中国人是世界上保存花木种类最多的民族。植物分类学上，凡以sinensis作为种名的，都代表原产地在中国。然而，近一百五十年的中国历史，文化的每一个领域，我们都落后于西方，包括园艺在内。

这一个半世纪，人家利用科学技术“配种”，创造了无数新而优秀的产品，我们基本援用老法“选种”。我因为住在别人的地方，有条件见识这种园艺品种琳琅满目的荣景，“无果园”选购材料，自然也方便得多。但是，这却给国内读者无端又制造了一层隔阂。举例说，我谈到的“玉簪”，主要是观叶植物，无果园内就有二三十个不同品种，叶面色泽、大小形状和纹理，变化多端，而国内读者绝大多数没有见过。西方原无玉簪，中国原生玉簪，基本指两个“种”，*Hosta plantaginea*和*Hosta ventricosa*。这两个“种”，直到一七九〇年前后才引入欧洲，四十年后，住在日本的荷兰花农冯·西博尔德（von Siebold）又从日本引进不同品种，构成育种的基本素材。今天，西方通过杂交创造的品种以千计，用途广泛而效果明显，成为园林设计的重要原料，所形成的“玉簪文化”，中国人简直无法想象。

同样的例子还很多，书中谈到的不少情况，对国内读者，很可能“不知所云”。

这两层障碍，居住环境和园林植物品种，是两种不同文化制造的“隔”。这两种“文化隔”，目前不可能消除，只能作为“他山之石”。随着中国近来经济条件的迅速变化，我相信，不久的将来，读者们将会发现，我介绍的一些东西和观念，会出现在生活环境的周边地带。

“两种文化观”其实不止这些内容，更重要的是下面要说的第三层。

我的想法来自英国小说家斯诺。请注意，此斯诺非彼斯诺，不是写《西行漫记》的那个美国友人。斯诺原名C. P. Snow，他不但写小说，又是物理学家，并出任过政府官员。一九五九年五月，斯诺在剑桥大学演讲，提出了有名的警告，题目就叫作《两种文化观和科学革命》(后来出了书)。他认为，西方知识界严重两极分化，一个集团叫作“科学家”，另外一个集团，他称为“文学学者”。两者相互排斥，我瞧不起你，你看我也不是东西。

“两种文化观”所以在过去半个世纪成为西方知识界的严重“警告”，显然涉及教育上过分强调“专业化”的社会效应。西方人警觉，大学教育分工过细，一位物理博士，可能一辈子不必读莎士比亚，而文学博士，可能连基本物理观念都搞不清楚。一个社会，在文化上发生这种现象，有什么危险？小自个人生活态度、家庭和人际关系，大至公众价值和国家理想，都可能出现僵硬和偏枯。

最近这一二十年，西方有人提出“第三种文化”的想法。斯诺本人在二十世纪六十年代就说过，也许“社会科学家”可以变成“第三种人”，结合科学方法和人性的理解，多想想社会深层的问题。当代也有人提出，演化生物学者、心理学者和神经科学者，有可能超越文学工作者，挖掘人类内心深层的意义，塑造新一代人的生活理念。

西方知识界的这些“警告”，跟当代中国读者阅读《园林内外》有什么关系？我觉得，关系可能不小，“两种文化”在目前的西化大潮中，已经在中国泛滥成灾。

《园林内外》虽然是本小书，它隐约包含下面几个企图。

一、基本上不同意甚至批判传统中国士大夫文人的园林艺术观。宋词可以作为标准的反面教材。无可否认，宋词作者绝对是爱花如痴，可是，他们也绝对是从不动手、只知多愁善感的旁观者。这是一种美学上的“懒散文化”。

二、极力提倡结合西方植物分类学和其他科学知识的园艺活动。对于中国传统以“人的快乐”为主轴的园林设计哲学，对于日本稍涉禅意却还是不脱“取悦于人”意味的园林哲学，维持批判态度。了解植物的生命历程，尊重它们的需要，让它们活得自然，活得快乐，应该是人类跟植物共生关系的根本。

三、大规模、高成本的园艺研究推广设施，是社会公共财产。雄心万丈的皇家贵族园林，是人类历史文化的见证，当然没有排斥的必要，但是，一个社会的园林文化成长，在于知识和实践的全面普及。这本书的各篇文章内容，虽然没有专论，显然是很想传达这个消息的。

近二十年，中国的国民经济提升很快，我几乎每一两年都回国参访旅游，目睹各方面的变化，兴奋之余，却也不免忧心忡忡。城市规划、社区建设和绝大多数人的生活品位，处处反映西方“快餐文化”的恶劣影响。我不是反对吸收外来文化，只是提醒，吸收过程中，不可不慎重鉴别品质高低。

希望，《园林内外》略尽抛砖引玉的义务。

刘大任

二〇〇九年三月二十三日

策划出版：胡洪侠
责任编辑：汪小玲　蒋祚
插图：严健
装帧设计：杨军

图书在版编目（CIP）数据

园林内外/(美)刘大任著.--深圳:深圳报业集团出版社，2018.5
ISBN　978-7-80709-840-9
Ⅰ.①园… Ⅱ.①刘… Ⅲ.①散文集－美国－现代
Ⅳ.①I712.65
中国版本图书馆CIP数据核字(2018)第003956号

园林内外

刘大任　著

深圳报业集团出版社出版发行
（518034　深圳市福田区商报路2号）
中华商务联合印刷（广东）有限公司印制
新华书店经销
2018年5月第1版　2018年5月第1次印刷
开本：880mm×1230mm　1/32
字数：170千字　印张：10.5
ISBN　978-7-80709-840-9　定价：58.00元